柳林風聲

目川文化

目錄

《柳林風聲》是一個慈愛的父親寫給兒子的童話故事。關於四個親切如鄰家玩伴的小動物，有趣又驚險的生活點滴，充滿童年色彩與精采幽默的想像。溫馨有愛的擬人化動物寓言，與現實交織，貼近真實人生，是迪士尼動畫電影《動物方城市》的靈感來源。

作者生動刻畫了四個性格大相徑庭、卻同甘苦共患難、建立堅實友誼的可愛角色。棲息在幽暗地底的「鼴鼠」，嗅到春天宜人的氣息，好奇探出地面，遇上一見如故的新朋友「水鼠」、沉默可靠的「獾」，和放蕩不羈的「蛤蟆」，開始嘗試許多新體驗。

隨著情節展開，也許你會開始疑惑，蛤蟆自大又任性妄為，怎麼有人想跟他做朋友呢？但是跟著故事發展，我們會慢慢瞭解到，每個人都是獨特又不完美的。值得慶幸的是，蛤蟆經歷幾度波折後，終於學到教訓，而且虛心受教，懂得自我收斂約束。真所謂不經一事不長一智啊！

這部文筆典雅的英國經典故事，對季節、景物、內心的細膩描寫，所渲染的環境、氣氛、感受，是童話書中出類拔萃的，擁有「散文體作品典範」的讚譽。為此，我們盡心保留了最緊湊有趣的故事情節，以及最精華流暢的情景描繪，是抒情文章的最佳範本。

讓我們透過小動物們的觀察，一起瀏覽英國大自然牧歌般的生活場景和人情風貌。柳林風聲悠揚傳遞的友誼與溫情，絕對讓你如沐春風！

【推薦序】

林偉信（台灣兒童閱讀學會顧問、誠品文化藝術基金會「深耕計畫」顧問）

陪伴孩子在奇幻的世界裡，培養想像力，思考人生課題

奇幻文學是人類思想極致的一種表現，透過想像，創造出一個個跳脫時空框架的新奇世界，將現實中的不可能化為可能，讓閱讀者擺脫有限形體的束縛，悠遊在不同的時空裡，享受現實人生中所無法經歷的奇特趣味。

而除了引人入勝的趣味情節外，奇幻故事中所暗含的人生隱喻與生命智慧，也一如日本著名心理學家河合隼雄在《閱讀奇幻文學》書中所說的：「**傑出的奇幻作品，總是帶著某些課題前來挑戰讀者。**」而「當我們將幻想視為靈魂的展現時，就會開始覺得奇幻故事的作者，給了我們相當豐富的訊息。」因此，「**即便故事讀完了，心靈依然持續感動。**」

目川文化這套奇幻名著，正是選自不同文化背景下的各種玄奇異想，傳遞各種重要的人生課題——如《西遊記》的叛逆與反抗、《小王子》與《柳林風聲》的愛與友誼、《小人國和大人國》的權力與人性、《快樂王子》的分享與快樂、《愛麗絲夢遊奇境》與《一千零一夜》的真實與夢幻、《彼得．潘》的成長與追尋、《叢林奇譚》的正義與堅持，以及《杜立德醫生歷險記》的溝通與同理。藉由這些書，給你和孩子一次機會，**陪伴他們在奇幻世界的共讀中，培養想像力，並且一起來思考人生中的一些重要課題。**

戴月芳（資深出版人暨兒童作家、國立空中大學／私立淡江大學助理教授）

孩子飛翔的力量很大

當孩子告訴你，他會飛，而且飛得很高很遠，你可能會笑一笑，不當一回事。但是，真的要告訴你，孩子確實飛得很高，很自在！

谷歌（Google）創辦人賴利．佩吉（Larry Page）有一天突發奇想，想要創造一個可以下載整個互聯網，而且查看不同頁面連結的搜尋引擎。在一九九六年，這想法可能是天方夜譚，但是他有企圖心，最後確實創造了谷歌。他像孩子飛上了天，飛得很高、很自在！

「飛翔」是我們的想像延伸，一切可能或不可能發生的，都可以藉由想像力「飛翔」先做實驗。【影響孩子一生的奇幻名著】系列，就是一套賦予孩子想像力飛翔的好書。每一本都是在激發孩子的奔馳創意。來吧！讓孩子閱讀，讓孩子隨著他的好奇心，遊走另一個充滿自由的奇想世界，跟隨故事人物一起經歷成長與冒險。

張美蘭（小熊媽，親子天下專欄作家、書評、兒童文學工作者）

讓孩子讀經典，是重要而且必要的

近兩年，我常在校園與兩岸演講，有一個主要的主題，就是「讓孩子愛上閱讀的八大法則」，其中我認為很重要的第二條法則是：在孩子中低年級以前，幫孩子選書；**高年級後開放讓他們自由選擇，但是每個月都該有指定讀物，並建議以經典兒童文學為主！**

我在小學圖書館擔任過十年的志工，發現一個令人憂慮的現象：越來越少孩子讀兒童文學經典作品！當今兒童閱讀，充斥著「漫畫」的速食文化。我曾問過孩子，得到的回答多半是：「漫畫比較搞笑，我不喜歡太嚴肅的作品。」或「看圖畫比較快，文字太多的書，真的看不下去！」這是一個很令人憂心的現象，因為這代表這一代孩子對文字理解能力（閱讀素養），將越來越弱。**而貧瘠的閱讀，將導致荒蕪的思想與空洞的寫作能力！**

更憂心的是，家長沒有意識到這狀況的嚴重性，還沾沾自喜地認為：我的孩子愛看書，就好！而沒注意到孩子無法邁向文字書的世界，更遑論兒童文學作品的世界。

讓孩子多讀經典吧！這將會影響他們一生的價值觀。我建議每個家庭都該有個基本書櫃，當中一定要收藏兒童文學名著！因為這些是經得起時間考驗、人類思想的精華。經典代表的就是人性。在奇幻故事架構下，也能讓孩子了解：世界上沒有所謂美好的大結局！**讓孩子從閱讀的幻想中，體會人生的趣味與人性的缺憾，才是真正智慧的開始。**

林哲璋（兒童文學作家、大學兼任講師、臺東大學兒文所）

奇幻的奇妙

小朋友，閱讀奇幻作品好處多多，畢竟現實世界只有一個，而奇幻想像的世界卻是無窮無盡。奇幻世界裡有神奇的天馬行空，想像世界要介紹得天衣無縫。奇幻想像國度的語言可以豐富現實世界的生活，例如小王子和狐狸，小王子和玫瑰，他們的故事和對話，都可以比喻、使用在人類的世界。

想一想，像著名的「七步成詩」，曹植若跟哥哥寫「骨肉相殘」的詩，害哥哥沒面子，恐怕小命不保；聰明的曹植躲到了奇幻的國度，使用了奇幻的語言，寫了一首「小豆子和豆萁哥哥」的童話詩，保住了珍貴的性命。

奇幻的國度裡有許多寶藏，等待小朋友來尋找、開創，歡迎小朋友搭乘文學的列車，來到奇幻的國度，觀看地球世界的模樣。

張東君（外號「青蛙巫婆」、動物科普作家、金鼎獎得主）

《柳林風聲》是我小時候熱愛的作品之一。雖然蛤蟆實在是讓人想要巴他的頭，要他少惹一點麻煩，但是其他的各個書中主角的慢活與對生活的享受，也讓我極度嚮往，想要跟著牠們一起在河裡上上下下，然後，養精蓄銳去解決蛤蟆惹上的麻煩，遇上的問題。

希望大家也能夠在這些書中，跟我一樣享受閱讀的樂趣，和書中角色一起成長。

彭菊仙（親子天下、udn 聯合文教專欄、統一「好鄰居基金會」駐站作家）

我的童年是一段沒有故事書的歲月，因為爸媽忙於生計，關於孩子心靈需要的滋養，是沒有餘力可以照顧的。長大後，我才有機會一一彌補童年裡沒有緣分相遇的經典兒童文學，但遺憾的是，這些故事我多半已經耳熟能詳，還來不及細細咀嚼文字，動畫中大量的聲光畫面已經綁架了我對故事的想像，我很不希望我的孩子用這樣的方式來接觸經典名著。

藉由這次目川文化規畫的套書系列，我似乎又恢復了一個孩童本來應該具備的自由奔馳心靈，在故事裡盡情遨遊，甚至幻化為故事裡的主人翁，經歷驚險刺激的冒險歷程。

我鼓勵爸媽引導孩子，一本接一本有系統的閱讀，不僅能提升賞析文學的能力與視野，最主要的是，**經典作品的人物都帶著強大熾烈的感染力，能博得孩子深度的認同，在潛移默化間，高潔的思想便深植於孩子的心底，行為氣度因此受到薰養而不凡。**

陳郁如（華文奇幻暢銷作家）

奇幻文學超越現實框架的幻想，讓人的想像力可以無限的延伸。同時，作者在故事裡可以巧妙的寫出自己對現實世界的連結，可能是對社會的反射，對人性的感觸等。

《柳林風聲》是一個適合端著一杯淡茶，啃著剛出爐的餅乾，配上輕鬆音樂來閱讀的故事。故事中的動物各有自己的風格跟特色，作者筆調流暢自然，讓人忍不住隨著這些小生物的動態在故事中暢遊。我個人很喜歡大自然、觀察野生動物，看完這個故事讓我好想有機會看到鼴鼠、河鼠、蛤蟆這些書中的角色啊！（其他推薦內容，詳見各書收錄）

很多經典永傳的故事能夠歷久不衰，不僅僅天馬行空、編撰幻想而已，背後還有更多警世意義。小朋友可以細細品味，讓想像力奔馳的同時，也想想作者想要表達的是什麼。

游婷雅（台中古典音樂台閱讀推手節目主持人、閱讀理解教學講師）

森林動物的嬉戲聲・腦中想像的熱鬧聲

家中的《柳林風聲》有好幾個版本，從厚厚一本的圖文書到薄薄一本的簡明版，每一種版本讀起來的感覺都不一樣。目川文化出版的經典名著系列，特別將主要目標設定在：讓孩子慢慢適應圖少文多的書籍閱讀。這是一本適合孩子透過文字的描述，想像出故事的場景、人物、情節的最佳讀物。要能符合這樣的要求，**必須讓用字遣詞符合孩子的習慣與能力，文字描述又不能太少**，才能幫助孩子透過文字閱讀，進而想像出作者想要表達的人物、場景與心境。

鼴鼠點亮了從牆上拿下的一盞燈籠。河鼠環顧四周，看到他們站在一個前院裡。門的一側，擺著一張花園坐椅，另一側，有個石頭做的滾輪。牆上，掛著幾個鐵絲籃子，裡面裝著一些羊齒草；花籃之間的架子上擺著古代名人的石膏像。庭院中央有個圓圓的小池塘，池塘裡游動著金魚；在池塘中央，還矗立著一個用許多海扇貝殼鑲嵌的柱子，頂端有一顆銀玻璃球。

即便沒有圖畫，透過文字，我們在腦中描繪出圖像，甚至聲音。經過這樣的練習，培養出將文字視覺影像化的能力。讓抽象變成具體，促進閱讀理解。

沈雅琪（神老師&神媽咪、長樂國小二十年資深熱血教師）

現在的孩子普遍閱讀量不足，書讀得不夠，相對文章就寫不出來，寫作技巧教再多都是枉然。為了要改善孩子寫作困難的問題，我開始每天留半個小時到一個小時的時間，讓孩子從少年雜誌、橋梁書開始閱讀，這段時間得要完全靜下來專注的閱讀。

目川文化精選這套書，有幾本是我們很耳熟能詳的世界名著，可是很多孩子完全沒有接觸過。收到書的初稿時，孩子們一本又一本接續的把十本書統統讀完。**小孩的感受是最直接的，看他們對這套書愛不釋手，我就知道這是一套非常值得推薦的好書。**

以下就是班上小朋友針對本書所寫的一篇心得，其他則收錄在各書：

這個故事裡，有四個好朋友：河鼠、鼴鼠、蛤蟆、獾，性格都不太一樣。聰明的河鼠，很懂得在困難中解決問題。懂事的鼴鼠，知道什麼事情該做，什麼事情不該做。明智的老獾，不會受到別人的影響而改變自己的決定。蛤蟆揮霍錢財，瘋狂飆車，違法亂紀。意志不堅的蛤蟆受不了對車子的熱愛，不僅偷了一輛昂貴的車，還違法駕駛，甚至對員警蠻橫無理，被判了二十年的監禁，開始後悔之前好朋友對他的規勸，多麼的寶貴！

這本書告訴我們要三思而後行，有不好的行為，就要面對相當的代價或懲罰。作者把每個角色都描述的栩栩如生，有種身歷其境的感覺，會令人想一看再看！（吳育萱 撰寫）

陳蓉驊（南新國小熱心閱讀推廣資深教師）

人性與物性的融合

《柳林風聲》在英國童書中，受喜愛的程度是數一數二的。作者熱愛大自然，對小動物有豐富的瞭解與情感，於是將家鄉英國泰晤士河岸和田野為背景，以森林的小動物——河鼠、鼴鼠、蛤蟆和獾——為主角，**賦予他們人性特點，又讓他們各自保有其動物的特色**，並憑其豐富的想像力，創造出精采逗趣的情節，讓不同年齡層的讀者都對它喜愛有加。

故事中的動物，一方面有像人一樣的感情和行動，會交往、遊樂和歷險，另一方面又保留了動物的原生姿態，如蛤蟆在生氣或自吹自擂時，肚子都會隨之脹大；其他動物也都靈活的使用他們的爪子。這種融合新奇有趣，又貼近人類生活經驗，讀來親切又投入。

打開故事，拜訪這些可愛動物吧！他們將招待你在「柳林」中感受美妙「風聲」！

劉美瑤（兒童文學作家、台東大學兒童文學研究所畢）

藏著濃郁關愛的《柳林風聲》

《柳林風聲》的故事原型，是作者為兒子講述的床邊故事，正因為如此，所以這本有趣的文學經典裡頭，隱含著對家人豐厚的關愛與期待。

主角是四隻擬人化的小動物：純真的鼴鼠、睿智的河鼠、老成的獾、率性而為的蛤蟆。故事從鼴鼠受到外界美麗的風景召喚，生出離家探索之心開始。河鼠帶領他四處遊歷，在過程中鼴鼠逐漸成長，並結識了蛤蟆。

鼴鼠與河鼠的遊歷是故事的第一條敘述線，作者運用白描筆法臨摹英國鄉村的美景，讀者可以藉由閱讀這些精細優美的敘述，學習寫景的技巧。

兩鼠結識蛤蟆之後展開第二條故事線，作者以喧騰歡快的口吻，描繪遇事衝動的蛤蟆，不懂得節制自己的慾望，屢遭驚險。雖然終於化險為夷返抵家門，卻發現家園被小人（黃鼠狼與白鼬）奪占。幸好在獾與兩鼠的協助下奪回家園，而且習得節制與禮貌。

我們不妨將鼴鼠與蛤蟆當成人類的兩種意識：鼴鼠代表積極良善，蛤蟆暗示原始慾望；至於河鼠與獾儼然是教育我們、引領我們學習的智慧長者。離家遊歷是成長必經之路，但是我們知道：「家」才是我們最依戀的地方。偏離正道胡鬧可能導致「家」的崩毀，但是只要肯依循智慧長者（獾與河鼠）的教導，偕同正面良善的朋友（鼴鼠），一定可以重建家園，成為更美好的人。

作者的兒子因為體弱多病長年臥床，為了取悅無法外出結伴遊玩的兒子，他形塑出四個好朋友的歷險故事，擴展孩子的想像視野，當中藏著一個父親熱切的把美麗世界展示給兒子、藉由文字故事與兒子同遊的渴望。無怪乎《紐約時報》書評家說：「**這是一本溫暖的書，一本在你心中感到寒冰或是信心動搖的時候讀的書。**」因為這故事的溫暖與信心，源自一個父親對孩子無盡的關愛。

第一章　岸邊相遇

整個上午，鼴鼠都在屋子裡忙個不停。他把家裡上上下下、裡裡外外都打掃了一遍，累得腰酸背痛。這時春天氣息透過泥土，鑽進了他的小屋，在空氣中四處飄蕩，外面的世界好像有一種奇妙的力量在召喚著他。

「什麼春季大掃除，我不管了！」鼴鼠把手裡的刷子往地上一扔，迫不及待的衝出小屋。他手腳並用、連爬帶鑽，終於把鼻子露出地面。「出來嘍！」他一邊歡呼著，一邊從地裡鑽出來，在軟軟的草地上打著滾。微風輕撫，陽光照得他渾身暖洋洋的。春天是多麼美好呀！

「哇！太棒了！」鼴鼠跳起來，邁開腳步向前飛奔。他跑過一片又一片的草坪。花朵含苞待放、綠葉生機勃勃、鳥兒築巢歡唱，一切都美如夢境。

一條蜿蜒奔流的大河出現在鼴鼠面前。水流不時撲向巨石，濺起水花，繞

過灘地，吐出漩渦；波光粼粼的河水正嘩啦啦的唱著歌，歡快前行。鼴鼠從沒見過這麼寬闊、美麗的河流。他沿著河岸，跟著河水一路向前跑，就像孩子追在大人身後，想要聽河水講一段引人入勝的故事一樣。

終於，鼴鼠跑累了，在岸邊的草地上坐下來，悠然自得的朝著河的對岸張望。忽然，鼴鼠注意到對面的河岸上，有個高出水面的黑色洞口。一個亮晶晶的小東西在洞裡一閃一閃的。鼴鼠正在猜想的時候，那個亮點竟然對他眨了一下，是眼睛！接著，眼睛的四周也漸漸的清楚起來。

一張棕色的小臉，腮邊有幾根小鬍鬚，一對小巧的耳朵，和一頭絲絨般濃密的毛髮。原來是河鼠！就這樣，他們隔岸相望，謹慎的打量彼此。「嗨！鼴鼠。」對方先說話了。「嗨！河鼠！」鼴鼠答道。「鼴鼠，你願意來我這邊玩嗎？」河鼠問。「唉！你說得可真輕鬆。」鼴鼠無奈的看著寬闊的河面說。

河鼠彎腰解開一條繩子，一艘小船不知從哪裡被輕輕的拉了出來。他坐進船裡，動作嫻熟的把船划到對岸來，穩穩的停了下來。河鼠向鼴鼠伸出一隻前爪：「扶好了，輕輕的跨進來吧！」鼴鼠小心翼翼的上船。沒想到，自己竟然坐在一艘船上，鼴鼠覺得又驚又喜。「真是太美妙了！」鼴鼠說：「你知道，這是我生平第一次坐船呢！」

「什麼？」河鼠驚訝得張大嘴巴嚷道：「那你平時做什麼？」

「坐船真有這麼好？」鼴鼠略帶羞澀的問。

「這是天底下最美好的事了！」河鼠開始划起槳來，「這世上再也沒有比這更好玩的事情了！什麼事也不做，只是划著船隨意漂啊……漂啊……」他陶醉的喃喃自語著。

「注意前面！」鼴鼠驚叫一聲。可是已經太遲了，小船一頭撞上岸邊。剛才還沉醉其中的河鼠，四腳朝天的跌倒在船艙裡。河鼠自己大笑起來，往下說：「重要的是，你可以沒有任何目的地，隨便去哪兒都行。這樣吧！你要是沒什麼事，我們就一起划到下游去逛逛，怎麼樣？」

鼴鼠高興得晃著腳丫子。「今天我可要痛痛快快的玩一整天！」鼴鼠挺著胸，愜意的靠在柔軟的坐墊上，「我們現在就出發吧！」

「稍等我一下！」河鼠說。他把纜繩繫在岸邊的一個環上，然後爬進自家洞裡。沒多久，他搖搖晃晃的捧著一個裝得滿滿的午餐籃出來。「把這個籃子放到你腳下去。」他上船把籃子遞給鼴鼠說。隨後，他解開繩索，又握起槳划了起來。

「裡面裝了什麼？」鼴鼠好奇的扭著身體問。「冷雞肉、冷火腿、冷牛肉醃小黃瓜、沙拉麵包捲三明治、啤酒和檸檬蘇打……。」河鼠一口氣回答說。「夠了！夠了！」鼴鼠興奮的說：「太多了！」「你真覺得太多了？」河鼠一本正經的問：「這只不過是我平常短途出遊帶的份量而已！」

鼴鼠已經聽不進河鼠的絮絮叨叨，他沉浸在新奇的環境中，陶醉在粼粼的波光、空氣中的氣味和聲音，還有陽光裡。他把一隻腳爪伸進水中，悠然的享受著。河鼠穩穩的划著槳，不再打擾鼴鼠。

「對不起，你說什麼？」約莫半個鐘頭後，鼴鼠才從白日夢裡清醒：「你一定覺得我很沒禮貌，這一切都是如此新奇。原來，這——就是一條河！你真的住在河邊嗎？這種生活多愜意呀！」

「我生活的一切就是這條河！」河鼠說：「這條河，就是我的親人、朋友，是我的食物、飲水，也是我的盥洗室。它是我的整個世界，春夏秋冬，總能帶給我無限樂趣。二月張潮的時候，濁黃的河水從我臥室的窗前流淌而過。等退潮以後，留下一灘灘爛泥，聞起來像烤草莓餅的氣味；同時，河道淤積著水草，我可以踩著它們在河床上閒逛，找到新鮮的食物，不會把腳弄濕！」

「這種生活過久了，你不會覺得無聊嗎？就只有你跟河，沒有人和你聊天。」鼴鼠壯著膽子問。

「無聊？那你就錯了！你初來乍到，當然不了解這裡的情況。」河鼠不以為意的說：「這裡可熱鬧了！水獺、翠鳥、松雞們成天沒事就來找我，我都快應接不暇，沒有自己的時間了。」

「那邊是什麼？」鼴鼠指著河對岸一片黑漆漆的森林問。

「哦！那是『野樹林』。我們這些住在河岸的居民很少去那裡。」

「那裡的居民……脾氣不好嗎？」鼴鼠不安的問。

「讓我想想……」河鼠回答：「松鼠，不壞。兔子，有好有壞。當然，還有獾，他就住在野樹林的正中央，最好別去惹他。」河鼠意有所指的說。

「為什麼？有誰會去惹他嗎？」鼴鼠問。

「當然！像黃鼠狼、白鼬、狐狸。」河鼠說：「他們有時候不壞，我以前跟他們還是好朋友呢！不過他們不太講道義，你沒辦法永遠相信他們。」

「那麼，野樹林再過去的地方，又有些什麼？」聰明的鼴鼠換了個話題，不再追問。「那是一個荒野世界，」河鼠說：「但是跟你我都沒有關係。我沒去過那裡，你也不可能去。好啦！『靜水灣』到了，我們就在這兒吃午餐。」

小船離開主河道，駛進一片好似被陸地環抱的小湖。在幽靜的水面下，盤根錯節的褐色樹根泛著微光。前方，一座銀色攔河壩高高隆起，壩下水花飛濺。再往前是一間有著灰色山牆的磨坊，旁邊一架水車不停的轉動著，有節奏的發出隆隆的聲響。大開眼界的鼴鼠激動得舉起兩隻前爪，驚呼連連。

他們一起上岸。河鼠平躺在草地，讓興致高昂的鼴鼠布置午餐。鼴鼠把餐布鋪在地上，開始把食物從籃子裡拿出來。每取出一樣，他都會發出一聲驚歎。

鼴鼠狼吞虎嚥的吃了一會兒，又開始好奇的觀察四周。「你看！水面上有一串泡沫在移動。」鼴鼠有了新發現。

「泡沫？啊哈！」河鼠高興的叫了一聲，像在對誰打招呼一樣。

一隻水獺從岸邊的水裡冒出來。

「貪吃的傢伙們！」水獺朝食物湊過去說：「怎麼不通知我呀？」

「水獺，給你介紹一下，這位是我的朋友鼴鼠。」河鼠招呼道。

「很高興認識你。」水獺說：「河邊到處都是鬧哄哄的！今天我原本想到這裡來圖個清靜，沒想到又遇上你們兩個！」

水獺說話的時候，有一陣窸窣聲從矮樹叢那邊傳來。緊接著，一隻獾從矮樹叢後面探出頭來。

「快過來這裡！老獾先生。」河鼠喊道。

但是老獾向前邁了一、兩步，咕噥了一句：「哼！又是一群！」隨即又掉過頭，鑽進矮樹叢走了。

「老獾就是這樣，他不喜歡和人打交道。今天我們別想再見到他了。」河鼠有些失望的說，「嘿，水獺！今天還有誰到河上來嗎？」

水獺回答：「有。蛤蟆划著一艘嶄新的賽艇，一身衣服也是全新的！」他和水鼠對望了一眼，哈哈大笑起來。

「蛤蟆有段時間很迷駕帆船，」河鼠說：「後來玩膩了，又迷上撐平底船。去年，迷上遊艇，還說自己後半輩子要在遊艇裡度過。可是他不管做什麼，沒多久就會感到厭煩，然後又玩起新的花樣。」

「他人還不錯。」水獺補充說：「但就是沒耐性。」

就在這時，一艘賽艇映入眾人眼簾。划船的是矮胖的蛤蟆，他的身體在船裡來回擺動，賣力的划著槳。

「像他這樣划船，用不了多久就會摔出船外的。」河鼠說。

「他肯定會摔出去。」水獺咯咯笑著說完，就消失了。

鼴鼠低頭看著河面。水獺的話音似乎還在耳邊，可是他剛才趴過的那塊草地卻已經空空如也。水面上又泛起了一串泡沫。

「好啦！我想我們該走啦！」河鼠說，仍是一副輕鬆自在的樣子。

夕陽西下，河鼠朝回家的方向悠然盪著雙槳，嘴裡低吟著詩句。看著河鼠划船，鼴鼠也躍躍欲試。他忽然說：「我也想划船！」

河鼠搖搖頭，微笑著說：「現在還不行，我的朋友，等你學會了再划吧！」

鼴鼠沒再說話，可是他見河鼠的動作那麼輕鬆，心裡有個聲音不停的嘀咕著：「我也能划得和他一樣好。」於是他突然跳起來，從河鼠手中奪過雙槳。

河鼠因為沒有防備，仰面翻下座位，四腳朝天跌在船艙裡。

「住手！」河鼠倒栽在船艙裡喊道：「你會把船弄翻的！」

鼴鼠把雙槳向後一揮，深深的插進水裡，只見他兩腳高高翹起，翻過頭頂，整個身體跌在河鼠的身上。他驚慌失措的伸出前爪去抓船舷，接著就聽到「撲通！」一聲，船底朝天翻覆過去，鼴鼠掉進了河裡！

啊，水好冷！鼴鼠直直的往下沉，水就在他的耳邊轟轟直響。這時，一隻強而有力的爪子抓住他的頸背，是河鼠把鼴鼠拉上岸。鼴鼠已經變成濕淋淋、軟塌塌的一團。

河鼠為鼴鼠擰掉一點毛髮的水，然後說：「現在，鼴鼠兄！爬起來，使勁的跑，直到身子暖和起來。」於是，驚魂未定的鼴鼠開始在河邊來回跑。在此同時，河鼠再次跳進水中，把小船翻正、繫牢；又潛入水底，將午餐籃撈上岸。

等一切收拾妥當，再次啟航，鼴鼠垂頭喪氣、老老實實的坐在船尾。他吞吞吐吐、低聲的問：「河鼠兄，我寬宏大量的朋友，實在是對不起！你能不能原諒我這一次？」

「唉呀！這沒什麼。」河鼠答道：「你別放在心上。這樣吧！你來我家住一段時間。雖然我的家很簡陋，沒辦法和蛤蟆家相比。但我會好好招待你的。而且，我還能教你划船、游泳。很快，你就能像我一樣，在水中來去自如。」

回到家，河鼠點燃客廳裡的爐火，讓鼴鼠坐在火爐前的一張扶手椅上，然後開始講起河上的種種軼事趣聞。對於在陸地上生活的鼴鼠來說，那些河的故事是多麼的驚險有趣啊！

愉快的共進晚餐後，沒多久，鼴鼠就打起了瞌睡。殷勤周到的河鼠把他帶到樓上一間最好的臥室，鼴鼠一頭倒在枕頭上，立刻睡著了。河水不斷輕輕拍打著他床邊的窗櫺。

這一天，對於剛從地底解放出來的鼴鼠來說，只是一連串新奇有趣的序幕。隨著夏季的到來，白晝越來越長，還有更多精采的生活在等著他呢！

第二章　去蛤蟆家做客

一個陽光明媚的夏日早晨，河鼠在河裡跟他的鴨子朋友一起游泳，他潛入水裡搔他們的下巴，惹怒鴨子，最後鴨子要求他離開。河鼠只好坐在岸邊，吟唱著一首自編的小曲子，歌名叫《鴨子歌》。

「鴨尾巴，鴨尾巴，
黃腳搖一搖，
黃黃扁嘴不見了，
埋進水裡抓魚忙。

泥巴濁，水草青，
鯉魚游啊游，
這裡是我們的糧倉，
清涼、豐盛又幽靜。」

「河鼠兄，我想請你幫個忙。」鼴鼠忽然開口：「你能不能帶我去拜訪蛤蟆先生？聽你們說了那麼多關於他的事，我也很想認識他。」

「沒問題！」好脾氣的河鼠一躍而起，立刻把作詩的念頭拋到腦後。

「去把船划出來，我們馬上登門拜訪。不論早晚，只要是去蛤蟆家做客，他都會和和氣氣的歡迎你。你離開時，他會說抱歉招待不周。」

「他一定是個非常好的人。」鼴鼠跨上船，提起雙槳。河鼠則安逸的坐到船尾。

「他的個性直爽又良善，也非常重感情。」河鼠說。「雖然他並不聰明，還很愛吹牛，可是他也有很多優點。」

小船繞過一道河灣，一幢華美古老的紅磚房出現在眼前；房子前面是平整的草坪，一直延伸到河邊。

「那就是『蛤蟆之家』。」河鼠說。「左邊有一條小支流，直通他的船屋，我們要在那裡停船上

岸。左邊是馬廄，正前方是大宴會廳。蛤蟆的房子是這裡蓋得最豪華的住宅。」

小船徐徐駛進支流，來到一所大船屋的陰影下。他們看到許多漂亮的小船，有的掛在橫樑上，有的吊在滑道上，可是沒有一艘船停在水裡。看樣子，這裡已經被冷落很久了。

「我明白了，」河鼠環顧四周說道：「看來他已經厭倦划船了，不知道他現在又迷上了什麼新東西。走，我們去看看。」

他們上了岸，穿過鮮花盛開的草坪，在花園裡找到蛤蟆。他正坐在一張籐椅上，聚精會神的盯著膝上的一張大地圖。

「啊哈！」看到他們，蛤蟆跳了起來，不等河鼠開口，就熱情洋溢的和他們握手。「河鼠，我正要派船到下游去接你過來。我現在非常需要你們兩位。快進屋吃點東西吧！」

河鼠一屁股坐在一張扶手椅上，說：「讓我們先坐下來歇一會兒吧！」

鼴鼠坐在旁邊的另一張扶手椅上，客套的讚美蛤蟆的住宅。

「這是沿河一帶最豪華的一幢房子了。」蛤蟆粗聲粗氣的說道：「你在其他地方，根本找不到這麼舒服的房子。」

河鼠用胳臂頂了頂鼴鼠。這個小動作被蛤蟆看見了，蛤蟆的臉一下子漲得通紅，接著是片刻尷尬的沉默。「好啦！河鼠，你知道我說話就是這個德行。況且，這房子的確也挺好的，不是嗎？」蛤蟆很快就大笑起來，「你們兩位來得正好，你們得幫我這個忙，這事非常重要！」

「是有關划船的事吧？」河鼠故意裝糊塗，「雖然你划起槳來還是會濺起不少水花，但是你進步得很快，只要再有點耐心，有教練指點你，你就……」

「哼！什麼船！」蛤蟆一臉厭惡的表情，「那是小男孩才會玩的傻玩意兒。我早就不玩了。我已經找到一件真正有意義的事，值得作為終身職業。我打算把人生下半場全用來做這事。一想到過去我把那麼多的時光，浪費在無聊的瑣事上，我真是後悔莫及。跟我來吧！親愛的朋友們。」

蛤蟆領著他們走到馬廄。只見一輛嶄新的吉卜賽篷車從馬車房裡被拉出來，淡黃色車身，點綴著綠色紋飾，車輪則是大紅色的。

「你們看！」蛤蟆挺著肚皮喊道：「這輛小馬車會告訴你們什麼才是真正的生活！一望無際的大路、遼闊起伏的草原、村莊、都市，有了這輛車，什麼都可以見到，今天在這裡，明天到那裡，旅行，變化，新鮮，刺激！快上車看看裡面的設備吧！全是我自己設計的。」

鼴鼠迫不及待的跟著蛤蟆上了車。河鼠則把手插在褲子的口袋裡，站在原地沒動。

車廂裡的設備確實很齊全。不僅有床鋪、家具、各式各樣的炊具，鳥籠裡還有一隻小鳥，吃的、用的一應俱全。踩著踏板下車時，蛤蟆還告訴他們：「等到我們今天下午啟程時，你們就會知道，這車子裡是應有盡有。」

河鼠不疾不徐的說：「我好像聽見你說『我們』、『啟程』、還有『今天下午』？」

「好啦！我親愛的好夥伴，」蛤蟆央求著：「別說風涼話啦！你明明知道，如果沒有你們，我應付不了這一大堆事。求求你啦！這事就說定了。你總不能一輩子守著那條乏味的河，待在黑漆漆的洞裡，看著一艘小破船吧？」

「我才不稀罕呢！」河鼠固執的說：「我就是不跟你去！我就是要住在洞裡，就是要划著小船、守著那條河。鼴鼠也和我一樣，對不對，鼴鼠？」

「那當然！我會永遠陪著你，一切都聽你的。」鼴鼠誠摯的說：「不過，這車看起來挺有趣的。」自從第一眼看見這輛篷車和它的全套裝備，鼴鼠就喜歡上它了。看出鼴鼠的心意，河鼠的決心也動搖了，因為他不願讓好朋友鼴鼠失望。蛤蟆把他們的心思都看在眼裡。

「先進屋裡吃午餐吧！」蛤蟆趁機開口，「我們可以慢慢商量這件事。」

吃飯時，蛤蟆自顧自的高談闊論，把旅行的樂趣描繪得天花亂墜，鼴鼠被他唬得一愣一愣，激動萬分，幾乎都快坐不住了。

三個夥伴達成協議，把旅行的事定下來。雖然河鼠還心存疑慮，但他不忍心讓兩位朋友掃興。他們開始深入的商討起旅行的詳細計畫。

蛤蟆帶著夥伴們去馬廄牽來一匹老馬，把馬車套好。萬事俱備後，他們便出發了。

他們邊坐邊聊，心情愉快，在燦爛的陽光下，連馬車經過時飛揚起來的塵土，也散發出讓人心曠神怡的氣息。天色漸晚，他們在一處僻靜、廣闊的空地上停下稍作休息。坐在草地上，蛤蟆開始大談他對未來幾天的打算。夜深了，他們鑽進篷車內，爬上各自的床鋪。

「夥伴們，晚安！這才是真正的生活，別再談你的那條老河啦！」蛤蟆睡眼矇矓的說。

河鼠慢吞吞的說：「可是我的心裡還是一直想到它。」

鼴鼠從毯子下面伸出爪子，在黑暗裡摸到河鼠的爪子，輕輕捏了一下。鼴鼠悄悄的說：「明天一大早，我們就偷偷溜走，回我們最愛的河邊，好嗎？」

「不！多謝你的好意。」河鼠悄聲回答：「我得陪著蛤蟆到最後，丟下他我不放心。不過，不會很久的。他的這些怪念頭，向來都維持不了多久。」

果然，旅行結束得比河鼠想的還快。

第二天下午，他們穿過田野，開上馬路。這是他們遇到的第一條大馬路。在這裡，意想不到的災難突然降臨在他們身上。

當時他們正悠閒的在馬路上緩緩行進，鼴鼠和老灰馬並肩而行，蛤蟆和河鼠跟在車後。忽然，後面傳來一陣轟鳴聲，他們回頭一看，只見一個黑乎乎的影子，挾裹著一團滾滾煙塵，正以難以置信的速度衝向他們。

彷彿才一眨眼的工夫，伴隨著一陣狂風、一聲怒吼，那東西便猛撲上來，把他們逼到路旁的溝渠裡。「噗噗」的聲音夾著大喇叭發出的巨響，震動著他們的耳膜。原來是一輛富麗堂皇的汽車，在他們眼前一晃而過。頃刻間攪起一團遮天蔽日的塵雲，把他們裹在裡面，什麼也看不見。接著，它迅速遠去，消失的無影無蹤。

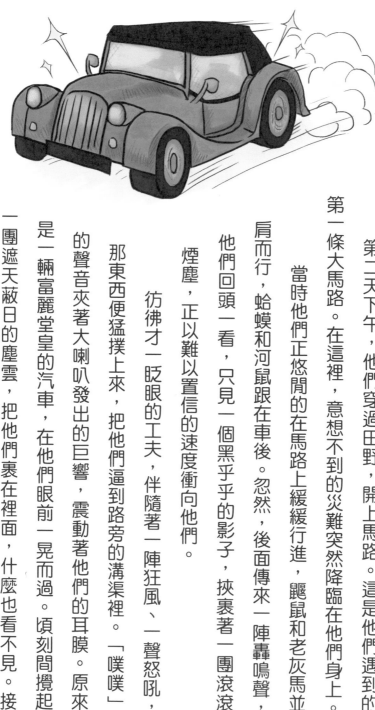

那匹慢悠悠的老灰馬，因為突然受驚而變得暴躁起來。牠不停的前後跳躍，硬是把篷車推到了路旁的深溝邊。車晃了晃，接著便是一陣驚天動地的破碎聲，給他們帶來驕傲和歡樂的車子，整個橫躺在溝底，成了一堆殘骸。

河鼠揮舞著拳頭暴跳如雷：「惡棍！壞蛋！強盜！我要控告你！」

蛤蟆一屁股坐在地上，眼睛直直的望著汽車消失的方向。他的呼吸急促，臉上卻是一副嚮往的表情。「多麼激動人心的景象啊！」蛤蟆嘟噥著：「這才叫真正的旅行！一座座村莊、一座座城鎮，飛馳而過，新的景物不斷出現！多幸福啊！」

「我們該拿他怎麼辦？」鼴鼠問河鼠。

「什麼也不用做。」河鼠簡單明瞭的說，「我太了解他了，他已經著了魔，之後幾天都會這樣瘋瘋癲癲的，我們還是去看看要怎麼收拾那輛車吧！」

經過仔細檢查，他們發現篷車已經破損得一塌糊塗，無論如何都沒辦法再上路了。河鼠一手牽著馬，一手提起鳥籠，和籠裡那隻驚恐萬分的小鳥。

「走吧！」河鼠一臉嚴肅的對鼴鼠說：「離最近的小鎮還有五、六里遠，我們只能用走的。」

「蛤蟆怎麼辦？」鼴鼠不安的問：「我們總不能把他扔在路中央不管吧？那樣太危險了。萬一再來一輛汽車怎麼辦？」

「哼！管他的！」河鼠氣呼呼的說：「我跟他已經一刀兩斷啦！」

可是，他們沒走多遠，蛤蟆就追了上來。他仍舊氣喘吁吁，兩眼發直、呆呆的盯著前方。

「你聽著，蛤蟆！」河鼠厲聲說：「我們一到鎮上，你就馬上去警察局，打聽一下那輛汽車是誰的，然後控告他們。接著，你得去找一個鐵匠或修車輪匠，把馬車給修理好。」

「警察局！報案！」蛤蟆喃喃自語著：「要我去控告這天賜的完美禮物？修馬車？我和馬車已經永遠說再見啦！」

「看見了嗎？」河鼠無可奈何的對鼴鼠說：「他真是無可救藥。算了，等我們到了鎮上，就去火車站。我今後再也不跟這個可惡的傢伙一起出去玩了！」河鼠一說完，生氣的哼了一聲，就再也不理蛤蟆了。

一到鎮上，河鼠和鼴鼠便直奔火車站。他們把馬寄放在一家旅店的馬廄裡，接著搭上一列慢車。等火車到站後，他們把神情恍惚的蛤蟆護送到家，吩咐管家照顧好他，最後划著自己的小船，返回家中。

第二天，傍晚的時候，鼴鼠在河邊釣魚，水鼠來了。他想找他的好朋友談天，他已經找他一會兒了。「你聽到這件新聞沒有？」他走到鼴鼠身邊說，「沿著這條河，所有的動物都在談這件事，今天一大早，蛤蟆乘第一班車進城去了。他訂購了一輛最豪華的大汽車。」

第三章　獨闖野樹林

鼴鼠一直想要認識獾。他總覺得獾是個重要人物，雖然住在這一帶的動物不常見到他，但獾對他們都有一種無形的影響力。可是每當鼴鼠提出這個想法，河鼠都推三阻四的。

「能不能請他來吃頓飯？」鼴鼠問。

「他不會來的，」河鼠乾脆的說：「他最討厭交際應酬了。」

「如果我們去拜訪他呢？」鼴鼠提議。

「我肯定他不願意。」河鼠連忙說：「再說，我們也去不了呀！因為他住在野樹林的最深處，路途遙遠。而且每年這個時候，他也不在家。你還是耐心等待，有一天他會來的。」

鼴鼠只好耐心等待，可是獾一直沒來。漫長的夏天過了，寒冷、秋霜和地

上的泥濘，使他們經常得待在家裡。漲高的河水從窗外流過，又快又急。鼴鼠發覺他始終忘不了獨自在野樹林裡生活的獾。

冬天裡，河鼠都很早上床，很晚起來，睡得特別多。白天裡，他就寫詩或做家事。經常也有些動物順路來坐坐，大家互相評論夏天所經歷的事。但是鼴鼠仍然有許多空閒時間，可以做自己想做的事。

某天下午，河鼠坐在爐火邊打瞌睡，鼴鼠暗自下定決心，獨自出門去探訪那座野樹林。他悄悄溜出客廳，來到屋外。四周是一片光禿禿的原野。天空布滿灰雲，他雀躍的朝著野樹林快步前進。枯枝在他的腳下劈啪斷裂，橫倒的樹幹絆著他的腿，長在樹樁上的菌菇就像鬼臉常常嚇他一跳，這一切都讓鼴鼠覺得新奇又興奮，吸

引著他一步步進入樹林幽暗的深處。

樹木越來越密，暮色迅速的掩蓋過來，日光像退潮般的匆忙遠離。鼴鼠加快腳步，提醒自己千萬別胡思亂想。他走過一個又一個洞口。一張小尖臉，一對凶狠的眼睛，在一個洞裡閃了一下，又不見了。鼴鼠遲疑了一下，又壯著膽子繼續往前走。可是突然間，目光可及的幾百個洞裡，似乎都有一張張忽隱忽現的臉，所有的眼睛都在敵視他。

接著，從身後很遠的地方，傳來了尖銳而細微的哨音。鼴鼠猶豫的停住腳步。隨後，他又聽到了「啪嗒、啪嗒」的聲音。他側耳傾聽著。突然，一隻兔子穿過樹林飛奔過來，從他身邊跑過，幾乎要撞上他，隨即又鑽進鄰近的一個洞穴裡，不見了。

啪嗒啪嗒聲越來越響，如同冰雹，砸落在鼴鼠四周的枯枝敗葉上。整座樹林彷彿都在狂奔、追逐。鼴鼠害怕極了，他拔腿就跑，毫無方向，到處胡亂的碰撞著，直到在一棵老山毛櫸樹下找到一個深深的黑洞，他這才停了下來。

鼴鼠蜷縮在洞中的枯葉裡，渾身發抖。他這時才恍然大悟，這就是當初河鼠要苦口婆心的勸他，別到野樹林的原因。

這時候，在暖和的爐火邊，愜意休息的河鼠醒來了。他環顧四周，發現鼴鼠不在家裡。他走出屋子，仔細察看，在泥濘的地面上，找到了鼴鼠的小靴子留下的足跡。那足跡直直朝著野樹林的方向而去。

河鼠站在原地，神情嚴肅的沉思了一、兩分鐘。隨後他轉身進屋，將一根皮帶繫在腰間，往皮帶上插了幾把手槍，又從大廳的一角拿起一根粗木棒，便朝野樹林走去。

天色已經昏暗下來，河鼠毫不猶豫的鑽進野樹林裡。他焦急的東張西望，尋找著鼴鼠的蹤跡。剛走進森林時，口哨聲和啪噠啪噠聲還是很清楚，現在漸漸消失了。整個野森林變得非常安靜。

河鼠仔細的搜索著，嘴裡不停的大聲呼叫：「鼴鼠，你在哪裡？」終於，河鼠聽到了微弱的回應。他循著聲音的方向，找到那棵老山毛櫸樹下的樹洞。

「河鼠，真的是你嗎？」洞裡傳出一個微弱的聲音。

河鼠爬進洞裡，找到精疲力盡、渾身顫抖的鼴鼠。

「你真不該到這裡來。」河鼠安慰著驚魂未定的鼴鼠，「我們河邊動物從來不會單獨到這裡來。要來之前，你得先學會上百種防身技巧，還要帶上裝備才行，否則會遇上麻煩的。」

「勇敢的蛤蟆先生應該敢自己來吧？」鼴鼠問。「他？」河鼠哈哈大笑：「哪怕給他滿滿一個帽子的金幣，他也不會來。」

聽到河鼠爽朗的笑聲，又看到他手中的木棒和銀亮的手槍，鼴鼠的精神才振作起來。

「趁天色還有一絲亮光，我們趕緊回家，千萬不能在這裡過夜。」河鼠說。

「可是我實在太累了。」可憐的鼴鼠說：「讓我在這裡多休息一下再走吧！」

「好吧！」好脾氣的河鼠說：「反正待會兒月亮出來了，更好走一點。」

於是鼴鼠鑽進枯葉堆，攤開四肢躺著，不一會兒就睡著了。河鼠握著手槍，在旁邊耐心的守候著他。等鼴鼠睡醒後，河鼠把頭探出洞口查看外面的動靜。

「糟了！」他低聲說道。

「發生什麼事了？」鼴鼠問。「下大雪了。」河鼠簡短的回答。

只見樹林完全變了一個樣子。漫天飄灑著細細的白色粉末，那些曾經讓他們感到害怕的黝黑灌木叢、樹枝和樹幹、神祕的洞穴、窪地等等，現在都被一層晶瑩閃亮的仙毯給覆蓋了。

河鼠說：「這場雪讓我分不清我們現在的位置了。」河鼠和鼴鼠互相攙扶著，勇敢向前進。在雪地裡走了大概一、兩個小時後，他們在一根橫倒的樹幹上坐了下來。他們累得渾身酸痛，在路上掉進坑裡好幾次，全身都濕了。但最糟糕的是，他們還是沒有找到離開野樹林的路。

河鼠朝四周看了看說：「前面有一個溪谷，我們到那裡找一處隱蔽的地方，避避風雪，休息一下，然後再想辦法走出野樹林。」

於是，他們又站起來，跟跟蹌蹌的走到溪谷，去尋找能躲避風雪的地方。

突然，鼴鼠尖叫一聲，摔得滿臉是雪。

「哎喲！我的腿！」鼴鼠翻身坐在地上，用兩隻前爪抱住一條腿。

「讓我看看！」河鼠關切的俯身查看：「你的腿受傷了，這傷口看起來像是被什麼鋒利的刀刃割到的。」河鼠沉吟了一會兒，觀察著四周的地形。

「不管是什麼割的，反正好痛。」鼴鼠痛得幾乎說不出話。

河鼠用手帕小心的包好鼴鼠的傷腿後，就走到鼴鼠跌跤的地方，忙著在雪地裡刨起來。「太棒了！太棒了！」河鼠突然連聲的喊著，高興的在雪地裡跳起來舞來。

「你找到什麼啦？」鼴鼠一瘸一拐的走過去，看河鼠刨出來的東西，「不就是一個放在屋子門口的刮泥墊嗎？這有什麼了不起？」

「難道你不明白這表示著什麼嗎？」河鼠不耐煩的喊道。「我當然明白啦！」鼴鼠回答：「這只不過說明，有個粗心大意的傢伙，把自家門前的刮泥墊丟在這裡，真是太迷糊了！」

看到鼴鼠還沒想明白，河鼠無可奈何的又動手刨了起來。一陣雪花飛濺後，一塊破舊的刮泥墊從雪裡露了出來。「看啊！我說什麼來著？」河鼠洋洋得意的歡呼著。

「要是你想圍著它跳舞，那就趕快跳，跳完我們可以快點趕路。」鼴鼠不以為然的說：「一塊破刮泥墊有什麼用？能當飯吃嗎？能當毯子蓋嗎？能當雪橇坐上去一路滑回家嗎？」

「你一點也不知道這刮泥墊『告訴』你的事嗎？鼴鼠，聽著，別說廢話了！要是你今晚想有個乾爽暖和的地方可以睡覺，就跟著我繼續刨，這是我們最後的機會！」河鼠生氣的說

河鼠拚命的用棍子猛挖身邊的一處雪堆。鼴鼠沒辦法，只好心不甘情不願的跟著河鼠一起刨起來。辛苦挖了大約十分鐘，河鼠手裡的棍子敲到了某樣東西，發出空洞的聲響，他趕緊叫鼴鼠過來幫忙。一陣埋頭苦挖之後，他們看到了令人吃驚的場景。

雪堆的旁邊，立著一扇墨綠色的小門。門邊掛著做為門鈴的鐵拉環，鐵拉環下有一塊小小的黃銅牌子，上面清晰的刻著幾個字：「獾寓」。

「河鼠！你真了不起！」又驚又喜的鼴鼠躺倒在雪地上大喊：「現在我全明白了！從我摔傷腿的那一刻起，你就用你那充滿智慧的腦袋，一步一步尋找證據，證明了這個結果。你真是天才！我要是有你那麼聰明就好了！」

「別再說了。」河鼠毫不客氣的打斷他，「看見那條鐵拉環了嗎？快去拉！我來敲門。」

鼴鼠一躍而起，抓住鐵拉環，兩腳離地，整個身體吊在拉環上晃來晃去。

一陣低沉的鈴聲好像從很遠的地方響了起來。

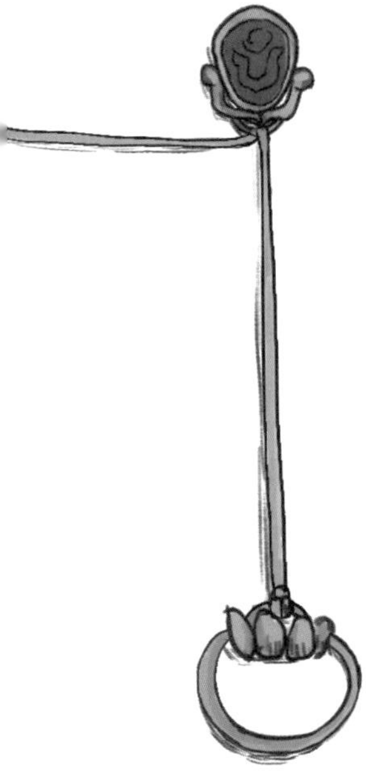

第四章　在獾家裡

為了使腳暖和，他們在雪地裡不停的跺腳。等了很久，終於，一陣踢踢噠噠的腳步聲，緩緩的來到門邊。隨著拉門栓的聲音響起，門開啟了一條縫，露出一張長長的嘴和一雙睡意惺忪的眼睛。

「不早不晚，偏偏在這時候來吵人。是誰呀！」獾咕噥著說。

「老獾！」河鼠喊道：「是我呀！河鼠，還有我的朋友鼴鼠，我們兩個在雪地裡迷了路。」

「親愛的河鼠！」獾的聲調變得熱絡起來，「快請進來。哎呀！你們一定凍壞了。」

門外的河鼠和鼴鼠爭先恐後的擠進屋去。獾穿著一件長長的睡袍，腳上踩著一雙破舊的拖鞋，爪子裡端著一個燭臺，親切的低頭看著他們。「這樣的夜

獾寓

晚，小動物們不應該出門。」他慈祥的拍拍他們的腦袋說：「跟我去廚房，那裡有爐火，還有晚餐。」

獾舉著蠟燭，在前面帶路。走過一條長長的通道，他們來到一間大廳。從這裡望不到盡頭，只能看到許多隧道通向四面八方，顯得幽深又神祕。大廳裡有許多厚重的橡木門，獾推開其中的一扇，一間爐火通紅、暖意融融的大廚房，立刻出現在他們面前。

和善的獾讓他們坐到高背的長凳子上面，為他們拿來睡袍和拖鞋，還親自用溫水為鼴鼠清洗腿傷、包紮傷口。飽受暴風雪襲擊的兩個夥伴，宛如進入了安全的避風港。

等他們身子暖和過來的時候，獾已經預備好了一頓豐盛的晚餐。每樣食物都是那麼的垂涎欲滴，早已饑腸轆轆的兩個人一邊往嘴裡塞著食物，一邊講述

他們的遭遇。獾靜靜的聆聽，不時嚴肅的點點頭。

他們吃飽了，三人圍坐在紅彤彤的爐火旁閒聊。獾親切的說：「跟我說說你們那兒的新聞吧！蛤蟆現在怎麼樣啦？」

「唉！越來越糟啦！」河鼠語氣沉重的說：「就在上星期，他又出了一次車禍。要是他肯雇個穩重幹練的動物為他開車，就什麼問題也沒有了。可是他偏不肯，還自以為是個天生的賽車手，才使得車禍接二連三發生。」

「發生過幾次車禍了？」獾問。「已經有過七次車禍了。」河鼠說，「一點也不誇張，他那間車庫裡堆滿了汽車碎片。」

「他都住過三次醫院了，」鼴鼠插嘴說：「罰款更是讓人想起來都害怕。」

「是啊！這也是個大麻煩，」河鼠接著說：「他雖然有錢，但還不是百萬富翁呀！他開車技術那麼糟糕，又完全不理會法律和交通規則，最後結果不是送命就是破產。獾大哥呀！我們是他的朋友，總該想個辦法吧？」

獾思索了一下，說：「你們都明白，我現在也愛莫能助呀！」

兩個朋友都明白且同意他的話，因為冬季是他的們的「冬眠季」，不適合採取需要精力和用腦力的行動。大家都需要冬眠的原因，一方面受到氣候的影響，另一方面是在之前的季節，全身的精力都用到一點也不剩的地步。

「等到新的一年開始，我們就要對蛤蟆嚴加管束。」獾鄭重其事的說：「不許他再胡鬧。必要的話，我們得對他採取強制措施，一定要讓他恢復理智。啊！河鼠，你睏了嗎？」河鼠哆嗦了一下，驚醒過來。

「好吧！你們該上床睡覺了。」獾說，起身拿起平底燭臺，領著他們來到臥室。鼴鼠和河鼠馬上脫去身上的衣服，飛快的鑽進被子裡。

第二天，河鼠和鼴鼠很晚才起床去吃早餐。兩隻小刺蝟正坐在餐桌旁吃麥片粥。一見他們進來，刺蝟們立刻放下湯匙站起來，禮貌的行禮。

「好啦！坐下繼續吃你們的粥吧！」河鼠高興的說：「你們兩位小傢伙從哪裡來的？是不是在雪地裡迷路了啊？」

「是的，叔叔，」年紀大一點的那隻刺蝟說：「我和小比利在上學的途中迷了路。後來，我們碰巧來到獾先生家的後門，就鼓起勇氣敲了門，叔叔，因為大家都知道，獾先生的心腸很好。」

河鼠說：「外面天氣怎麼樣了？」

「噢！糟透了，外面的積雪非常深。」刺蝟說：「根本沒辦法出門。」

「獾先生去哪了？」鼴鼠一邊問，一邊用爐火熱咖啡。

「他去書房了，先生。」刺蝟回答說：「他說他上午很忙，我們最好別去打攪他。」

大家對此都心領神會，獾現在一定是舒舒服服的躺在扶手椅上，忙他在這個季節照例要「忙」的事——睡覺呢！

前門的門鈴大響，刺蝟比利去應門。廳裡傳出一陣跺腳聲後，水獺出現了。水獺一下子撲到河鼠的身上，摟住他。「我就知道，一定能在這裡找到你們，」水獺興高采烈的說：「今天一早我就去了河邊，大家正驚慌失措呢！他們說，你和鼴鼠整夜不在家，必定是發生什麼可怕的事。可是我知道，大家遇到麻煩

的時候，十之八九會來找獾，獾肯定知道一些消息。所以我就直奔這裡了。」

「那你穿過野樹林的時候，一點都不緊張嗎？」鼴鼠心有餘悸的問。

「緊張？」水獺大笑，「他們哪個要是敢碰我一下，我就叫他們吃不完兜著走！鼴鼠，給我煎幾片火腿吧！我真的餓壞了。而且我還有許多話想跟河鼠講呢！」

鼴鼠切了幾片火腿，讓刺蝟拿去煎。水獺和河鼠的腦袋湊在一塊兒，嘰嘰咕咕的開始聊起關於河的事情。

他們吃第二盤火腿的時候，獾打著呵欠進來。「已經到吃午餐的時候了，留下來和我們一起吃吧！早晨這麼冷，你一定餓了。」獾對水獺說。

「我都快餓壞了！」水獺回答，朝鼴鼠擠了擠眼。

「你們兩個小傢伙快回去找媽媽吧！」獾慈祥的對兩隻刺蝟說：「我找人護送你們回去。」臨走時，他還給了每隻刺蝟一枚六便士銅錢。

吃午餐的時候，鼴鼠被安排坐在獾先生旁邊。他趁機對獾表示，他在這裡感到非常舒適自在。鼴鼠說：「一回到地下，心裡就覺得踏實多了，沒人會來煩你，地面上的事情就不必再去想它了。要是地底下待膩了，只要爬上去，地面上的一切都還在等著你！」

獾微微一笑說：「沒有什麼地方像地下一樣的安全、清靜。如果你想擴充一下住處，只要四處刨一刨、挖一挖；要是你嫌房子太大，只要堵住一、

兩個洞就行啦！不會有誰來指指點點、說三道四，最重要的是不會受天氣的干擾。你瞧瞧河鼠，假如河水上漲個一、兩尺，他就得搬家。還有蛤蟆，雖然他的房子在這一帶是數一數二的，可是萬一房子失火或是被狂風吹壞了，蛤蟆該怎麼辦呢？他要去哪裡住？沒錯，到地面上去走走逛逛還可以，當然很好，可是無論怎麼樣，最終還是得回到地下來，這裡才稱得上是『家』！」

鼴鼠由衷表示贊同獾的看法，這讓獾對鼴鼠產生好感。獾告訴他：「吃過午餐，我帶你四處參觀一下。你一定會喜歡這個地方的。」

午餐過後，獾點燃一盞燈籠，叫鼴鼠跟著他走。穿過大廳，他們來到一條主隧道，兩邊是大大小小的房間。這個建築規模龐大，有著長長的通道、堅實的拱頂和許多塞滿東西的儲藏室，一切的一切，都讓鼴鼠感到眼花撩亂。

「我的天啊！」他驚歎道：「你怎麼有時間和精力做這麼多的事？真是太令人驚訝了！」

「這些並不是我一個人完成的，」獾淡淡的說：「我只不過是根據自己的需要清掃通道和房間罷了。很久以前，在這片野樹林覆蓋的地面上，有過一座人類的城市。他們就在我們站著的這地方生活。他們是一個很強盛的種族、很有錢，而且也是了不起的建築家，將城市建造成能永遠存在世界上的樣子。」

「後來他們怎麼樣了？」鼴鼠問。

「誰知道呢？」獾說。「人們總是來到一個地方，住上一陣子，繁榮起來，建造許多東西，然後又離開了。這是他們的生活方式，但是我們卻始終存在。早在人類的城市還沒建造以前，就有獾住在這兒，我們有耐心，一有機會，又回來了，現在這裡又有獾居住了。人們走後，經過一年又一年狂風暴雨的侵蝕，這座城市不停的往下陷，一點一點的坍塌、消失。然後這片土地又漸漸往上升，地下的種子發芽，長成大樹；溪流裹帶著泥沙，淤積堆疊，覆蓋地面。久而久之，就形成了我們的家園。地面上也是如此，各種動物來了，定居下來。現在野樹林裡已經住滿各種動物，有好也有壞，我想，你現在對他們多少也有些了解了吧？」

「是呀！」鼴鼠說，微微打了個寒顫。

「好啦！」獾拍拍他的肩頭說：「這是你第一次和他們相遇。其實，他們也沒那麼壞。我明天要去跟他們打個招呼，那樣，你以後就不會再遇到麻煩了。我的朋友在這裡都可以來去自如，不受驚擾。」

他們回到廚房。因為惦記著自己的大河，河鼠很想趕快回家。他焦躁不安的來回踱步。「鼴鼠，我們得趁著白天趕緊回去。」他一見到鼴鼠和獾，就急切的說：「不能再在這裡多留一晚了。」

「沒問題，」水獺說：「我陪你們一起走。就算是蒙上眼睛，我也認得出這裡的每一條路。」

「河鼠，你不用急。」獾從容的說：「我的通道比你想的要長，還有一條近路可以走。」接著，他提起燈籠，在前面領路，帶大家穿過一條彎彎曲曲的隧道，接著走了一段讓人疲憊的長路。最後，透過擋在隧道出口處垂掛的植物樹葉，他們終於看到微弱的天光。獾向他們匆匆道別後，迅速把他們推出地道，然後用枯枝敗葉把洞口隱蔽好，轉身回去了。

他們發現自己已經站在野樹林的邊界上。前面是一望無際的寧靜田野，再往前，就可以見到那條閃閃發光的河流。

水獺熟悉所有的小路，所以由他帶路，他們抄近路來到遠處的一個柵欄門邊。回頭眺望，只見一片黑壓壓的野樹林，嵌在廣闊的白色原野當中，顯得格外陰森恐怖。他們不約而同的掉頭轉身，往家的方向飛奔而去。

第五章　報佳音

暮色漸漸籠罩大地，鼴鼠和河鼠仍在田野裡行走。當黑夜降臨時，他們循著一群綿羊的叫聲，走過一條平坦的小路，進入一座小村莊。

每間農舍裡的爐火光芒和燈光，透過低矮的格子窗，湧進沉沉的夜幕裡，映出一個個橘紅色的方塊。隔著窗戶望進去，屋裡的人圍坐在桌旁，有的在專心的工作，有的高聲談笑，每個人都顯得自在又從容。這一切都讓站在窗前、離家在外的河鼠和鼴鼠看得入迷，眼裡流露出渴望的眼神。

一陣刺骨的寒風竄進鼴鼠和河鼠的衣服，使他們如夢初醒。他們這才猛然意識到，他們還要走很長的一段路，才能回到自己的家。於是他們打起精神，走出村莊，重新踏入夜色沉沉的田野。

一想到路的終點，會有溫暖的爐火等待著他們，鼴鼠和河鼠沉默而堅定的

繼續向前邁進。河鼠依舊在前面帶路，他微微聳著雙肩，兩眼緊盯著前方的道路，鼴鼠默默的跟在後面。

突然，一股神祕的召喚穿透幽暗，傳遞到鼴鼠的身上，如同電擊一般，讓他渾身震顫。他停下腳步，用鼻子四處嗅著，努力捕捉如游絲般傳來的氣味。很快的，他捕捉到這股召喚的來源，伴隨而來的，是如潮水般湧現的回憶。

這是家，鼴鼠的老家。自從他發現大河以後，就棄之不顧的家，對他傳遞的召喚！就像一隻隻無形的小手，拉扯著他對準一個方向！啊！此刻，它一定就在附近。現在，歷歷往事在一瞬間湧上心頭，在黑暗中清晰的呈現在他眼前。老家儘管矮小簡陋，卻是他傾心為自己建造的家園。這個家，顯然正思念著他、盼望著他回來。

「河鼠！」鼴鼠滿腔喜悅的喊道：「別走了，快回來！」

「噢！快走吧！鼴鼠。」河鼠興沖沖的趕著路，絲毫沒有放慢腳步。

「請你別走，好不好？」可憐的鼴鼠苦苦哀求著，「你不明白！這裡是我的家，我剛才聞到了家的氣味，它就在這附近。我現在一定要回去！」

這時河鼠已經走得很遠，沒聽清楚鼴鼠在喊些什麼。「不管你找到什麼，我們明天再回來看吧！」他回頭喊道：「我們現在不能停下來，馬上又要下雪了，而且這條路我也不太熟。快點跟上來吧！」不等鼴鼠回答，河鼠又悶頭繼續往前走去。

鼴鼠獨自站在路上，他的心像是快要被撕裂一樣。一邊是對朋友的忠誠，一邊是老家對他發出的呼喚。鼴鼠只感到眼淚在他的心裡不停的堆積著。最後，拋下那強烈的呼喚。他痛苦的狠下心來，掉過頭，他順著河鼠的足跡追趕而去，但那若隱若現的氣味，仍舊縈繞在他的鼻端，久久不退。

鼴鼠好不容易才追上河鼠。河鼠沒有察覺到鼴鼠的沉默和憂鬱的神情，只顧興高采烈的嘮叨著他們回家後晚餐要做些什麼。

走了一段路之後，在經過路旁矮樹叢邊的一節樹樁時，河鼠停下腳步，關切的說：「嘿！朋友，你看起來像是累壞了，連一句話也不說。我們在這裡坐著休息一下吧！」

鼴鼠在樹樁上坐下，竭力想控制住自己的情緒，可是無論他怎麼忍耐，眼淚還是一滴一滴的冒出來，最後他索性號啕大哭起來。

河鼠嚇呆了，「老朋友，發生什麼事了？快告訴我，讓我來幫幫你。」

鼴鼠的胸膛劇烈起伏著，斷斷續續哽咽的說：「我知道，我的家，沒有你的住處那麼舒適，比不上蛤蟆家那麼豪華，也不如獾的屋子那麼寬大，可是它畢竟是我自己的家。剛才我聞到它的氣味，就在路上，在我喊你的時候，可是你就是不肯回頭，我只好將它丟下。我的心都要碎了，其實我們可以回去看它一眼的。可是你就是不肯回頭！」

更加劇烈的啜泣使鼴鼠再也說不出話來。

河鼠輕輕拍著鼴鼠的肩膀，沉默不語，眼睛直直的盯著前方。過了一會兒，河鼠難過的低語道：「現在我知道了。我真是……」

等鼴鼠的哭泣逐漸緩和下來，河鼠從樹樁上站起來說：「好啦！朋友，我們現在就出發吧！」說著，他就沿著原路往回走去。

「河鼠兄，你要去哪裡？」淚流滿面的鼴鼠驚訝的喊道。

「我們現在就去找你的家呀！」河鼠高興的說。

「噢！河鼠兄，快回來！」鼴鼠站起來追上河鼠。「沒有用的。天色太晚了，而且馬上又要下雪。我們還是想想河岸，想想你家裡的晚餐吧！」

「什麼河岸，什麼晚餐，我才不管呢！」河鼠誠心誠意的說：「哪怕要在外面待上一整晚，我也一定要找到你的家才行。」

說完，河鼠強硬的拉著鼴鼠往回走。他們回到先前的地方，河鼠停下來對鼴鼠說：「現在，用你的鼻子，用你的心來尋找吧！」

鼴鼠再次感受到一股微弱的、電擊般的感覺傳來，他後退一步，全神貫注的等待著，翹起微微顫動的鼻子，仔細嗅聞著空中的氣味。突然，他向前飛奔了幾步，之後又堅定的繼續向前走去。河鼠興奮的緊跟在鼴鼠身後。

鼴鼠用鼻子嗅著，像夢遊似的，在昏暗的星光下，跨過一條乾涸的水溝，鑽過一道樹籬，橫穿過一片曠野。在毫無預兆下，他猛的一頭鑽進地下。幸虧河鼠反應快，立刻跟著他向下鑽去。

地面下是狹長的地道，這裡有股刺鼻的泥土味道。他們走了很久，才走到盡頭。鼴鼠點燃了一根火柴，藉著火光，河鼠發現他們正站在一塊乾淨的空地上，前方有一扇小門，門牌上寫著：「鼴鼠的家」。

鼴鼠點亮了從牆上拿下的一盞燈籠。河鼠環顧四周，看到他們站在一個前院裡。門的一側，擺著一張花園坐椅，另一側，有個石頭做的滾輪。牆上，掛著幾個鐵絲籃子，裡面裝著一些羊齒草；花籃之間的架子上擺著古代

名人的石膏像。庭院中央有個圓圓的小池塘，池塘裡游著金魚；在池塘中央，還矗立著一個用許多海扇貝殼鑲嵌的柱子，頂端有一顆銀玻璃球。

鼴鼠把河鼠推進大門，點燃客廳裡的一盞燈。屋裡所有的東西都積滿厚厚的灰塵。看到狹小的屋子裡簡陋陳舊的擺設，鼴鼠沮喪的癱倒在椅子上，雙爪捂住鼻子。

他悲傷的哭道：「河鼠兄啊！我為什麼要在這麼寒冷的深夜，把你拉到這個窮酸的小屋來呢？如果不是因為我，你這時候早就回到河岸了！」

河鼠沒有理會鼴鼠的自怨自艾，他只顧著跑來跑去，四處察看。「這個住處真是太棒了！」他開心的大聲說：「設計得多巧妙啊！而且東西應有盡有，一切都井井有條！不過現在首先要做的，是將爐火升起來，這個讓我來做吧！你來負責把這裡打掃乾淨。我們開始動手吧！」

河鼠的熱情使鼴鼠大受鼓舞，他振作起來，認真的打掃擦拭。河鼠抱來木柴，很快就將爐火升起，他招呼鼴鼠過來烤火取暖。可是鼴鼠忽然又憂愁起來，他捂著臉，跌坐在一張躺椅上。

他嗚咽著說：「那晚餐要怎麼辦呀？我沒有什麼吃的可以招待你，連一點麵包屑都沒有！」

河鼠責備鼴鼠說：「不要一臉沮喪的樣子！剛才我還看見櫥櫃上有一把罐頭刀，既然有罐頭刀，難道還怕沒有罐頭嗎？快點打起精神來，跟我一起去找一找。」於是他們開始翻箱倒櫃，最後，果然找到一個沙丁魚罐頭、一盒餅乾和一些德國香腸。河鼠還在儲藏室裡找出了幾瓶啤酒。

河鼠笑著說：「鼴鼠，快跟我說，你是怎麼把家佈置成這樣舒適的？」

在河鼠忙著擺設餐桌時，鼴鼠滔滔不絕的說著，屋子裡每一樣東西的來歷，以及他自己在每一處的設計。他越說興致越高昂，把他們還要吃晚餐的事，都拋到腦後了。雖然河鼠的肚子很餓，但他還是裝作若無其事的樣子，認真的點著頭，不時的說著：「了不起！」、「太棒了！」。

最後，他們終於坐到飯桌旁。正準備要打開沙丁魚罐頭的時候，庭院裡傳來一陣腳步聲和七嘴八舌的說話聲。

「現在大家站成一排，我喊一、二、三以後，就不要再咳嗽囉！」鼴鼠驕傲的說：「一定是田鼠們來了，每年聖誕節的時候，他們總會挨家挨戶唱聖誕歌曲。」

「我們去看看吧！」河鼠跳起來，向門口跑去。他們一把門打開，眼前呈現一幅動人的節日景象。前院裡，幾隻小田鼠排呈半圓形站著，他們的脖子上圍著紅色羊毛長圍巾，前爪插在衣袋裡，小腳丫子輕輕跺著地面取暖。

大門打開時，提著燈籠、年紀較大的田鼠出聲喊道：「預備！一、二、三！」他們用尖細的嗓音同聲唱起一首古老的聖誕歌曲。

鄉親們！外面天寒地凍，

請你把家門打開，

或許風雪會吹進來，

讓我們進去烤火取暖，
明朝喜樂滿盈！

約瑟在雪地奔波前進，
看見馬廄上有顆明星，
馬利亞就要臨盆，
茅屋乾草迎接她，
耶穌將要降臨！

他們聽到天使報告：
誰先歌詠救主誕生？
所有動物報佳音，
就在他們的馬廄裡，
明朝喜樂滿盈！

「唱得太好了，孩子們！」河鼠熱情的喊道：「都進屋子裡來吧！烤火取暖，吃點熱的食物。」「對，快進來吧！」鼴鼠連忙跟著喊道。

但進到屋裡，鼴鼠頹喪的坐在椅子上，眼淚急的都快掉下來了。「唉！河鼠兄！我們沒有東西可以請他們吃呀！」

「沒關係，交給我吧！」河鼠一副主人的模樣，「嘿！這位提著燈籠的小弟弟，現在還有店鋪開門嗎？」「當然有，先生，」那隻田鼠禮貌的回答。

「那好！」河鼠說：「你提著燈籠去，幫我買些……」接著他們低聲嘀咕了一陣子，然後，河鼠遞給田鼠一把硬幣和一個購物用的大籃子。田鼠便提著燈籠，飛快的跑了出去。

其餘的小田鼠們在長椅上坐成一排，盡情享受著爐火的溫暖。這時，河鼠正忙著開酒瓶。燙酒、倒酒，每隻田鼠都邊喝邊嗆，邊哭邊笑。

鼴鼠向河鼠介紹說：「這些小傢伙還會演戲呢！戲全是由他們自編自演的。而且演得很棒。嘿！你站起來，給我們朗讀一段臺詞吧！」

那隻被點名的小田鼠害羞的站起來，咯咯笑著。他環顧四周，卻站在那裡不敢開口。無論同伴們怎麼鼓勵他都不管用，他還是克服不了怯場。這時，門開了，去購物的田鼠拎著沉甸甸的籃子，搖搖晃晃的走了進來。

等到籃子裡的東西全部傾倒在餐桌上時，就沒人再去提演戲的事了。幾分鐘後，在河鼠的指揮下，剛才還是空蕩蕩的桌面，現在已經擺滿美味佳餚。大家毫無顧忌的狼吞虎嚥。他們邊吃邊聊著往事和近況。河鼠代替鼴鼠扮演著主人的角色，招呼客人們盡情享用美食。

小田鼠們的衣服口袋裡都塞滿了紀念品，在他們識識喳喳連聲道謝的告別之後，鼴鼠和河鼠把爐火重新燒旺，談起這漫長的一天裡所發生的事情。

河鼠打了個大大的呵欠，說：「我實在是太累了。鼴鼠兄，你的床在那邊對嗎？好，那我今晚就睡那張床了。」河鼠一邊說著，一邊爬進床鋪，立刻進入夢鄉。

躺在床上，鼴鼠環視著自己的房間。在爐火的照耀下，房間裡的一切都顯得那麼溫暖美好。他深刻的明白，水鼠是希望他瞭解，雖然這個家簡陋又狹小，可是對他而言卻非常重要。這裡永遠都是他的避風港。

他知道，他並不想放棄他的新生活，地面上廣闊的天地，他喜歡陽光的溫暖和空氣的清新。但他也知道，有一個家可以回來，對他來說更有意義。這地方完全是屬於他的，不管他什麼時候回來，這裡的一切都會親切的歡迎他。

第六章　教訓蛤蟆先生

一個初夏的早晨，陽光燦爛，河裡張滿了水。每一種綠苗都似乎被溫暖的陽光牽引著，匆忙的冒出來地面上。鼴鼠和河鼠天一亮就起床，為即將開始的划船季做準備。正當他們一邊吃著早餐，一邊熱烈的討論著當天的計畫時，獾突然登門造訪。

獾腳步沉重的踱進屋裡，神情嚴肅的望著兩位朋友。河鼠驚訝的張大了嘴巴，手裡的湯匙不自覺的掉在桌布上。

「**時候到了！**」獾嚴肅的宣布。

「什麼時候到了？」河鼠看了一眼壁爐上的鐘，緊張的問。

「你應該問，是『誰的時候到了』，」獾答道：「當然是蛤蟆！我說過，等冬天一過，我就要好好的管教他。」

「我想起來啦！」鼴鼠高興的說：「我們大家要去管教他，讓他變得清醒一點！」

「昨晚我得到可靠的消息，」獾坐在一張扶手椅上，接著說：「今天上午，又會有一輛超大馬力的新汽車，要開到蛤蟆家中讓他試車。我們得抓緊時間行動，去拯救蛤蟆。」

「說得對！」河鼠跳起來喊道：「我們要幫助他改邪歸正！不然的話，我們就跟他一刀兩斷！」

他們來到「蛤蟆之家」的大車道時，果然看到房前停著一輛閃閃發亮的鮮紅色汽車。他們剛走到門口，大門便突然打開，蛤蟆先生走了出來，他戴著防風眼鏡、帽子，穿著長統靴，身上套著一件特大號的外套，一邊搖搖擺擺神氣十足的走下臺階，一邊戴上長手套。

「嗨！夥伴們，你們來得正是時候！」一看到他們，蛤蟆興高采烈的喊道。「跟我一起去兜風——呃——兜風——」看到幾位朋友全都緊繃著臉，蛤蟆變得結結巴巴，說不下去了。

「把他弄進屋去！」獾大步走上臺階，嚴肅的吩咐河鼠和鼴鼠。蛤蟆一路掙扎著，被推進門裡。獾轉身對駕駛新車的司機說：「蛤蟆先生已經改變主意，不要這輛車了。」說罷，他跟著走進屋去，關上了大門。

在走道裡，獾對蛤蟆說：「現在，你先把這身奇裝異服脫掉！」

「我才不要！」蛤蟆怒氣衝衝的說：「你們為什麼要干涉我？」

「好，你們兩個替他脫！」獾簡短的命令道。

鼴鼠和河鼠把拚命叫嚷反抗的蛤蟆按倒在地，脫下他的駕駛服，然後架著他站了起來。威風的衣飾被除去後，蛤蟆一下子沒了馬路殺手的囂張氣焰，求饒似的看著朋友們。

「蛤蟆，你自己也知道，早晚都會有這麼一天的。」獾嚴厲的訓誡說：「我們的話你全當成了耳邊風。你揮霍錢財、瘋狂飆車、違法亂紀，在整個地區敗壞我們動物的名聲。你實在是太過分了。我決定讓你恢復理智！」

他牢牢抓住蛤蟆，把他帶進房間，隨手將門關上。

河鼠和鼴鼠坐在扶手椅上，靜靜的等著最後的結果。透過緊閉的門，他們聽到獾忽高忽低的訓話聲，偶而會被長長的抽泣聲打斷，那顯然是蛤蟆發出來的，因為他心腸軟又重感情，很容易「暫時的」聽進任何勸誡。

門開了，獾充滿威嚴的帶著垂頭喪氣、滿臉淚痕的蛤蟆走出來。

「坐下，蛤蟆，」獾和藹的說：「朋友們，我很高興的告訴你們，蛤蟆終於知道自己的做法是錯的。他向我保證，以後再也不飆汽車了。」

「這真是個天大的好消息！」鼴鼠一本正經的說。「確實是個好消息。」河鼠遲疑的說，說話的時候，他的眼睛緊緊盯著蛤蟆，似乎看到蛤蟆的眼睛裡，有什麼東西閃了一下。

滿意的獾接著說：「我要求你當著我們這兩位朋友的面，把你剛才在房間答應過我的話，鄭重的再重複一遍。先說你為自己過去的行為感到羞愧，你也知道那全是胡鬧，是不是？」

蛤蟆絕望的左右看了看，朋友們都神情嚴肅的默默等待著。沉默了很久，他終於開口。「ㄅㄨˋ！」他繃著臉斷然表示：「我一點也不羞愧。那才不是什麼胡鬧！那是一件多光榮的事啊！」

「你說什麼？」獾驚駭萬分的喊道：「你這個說話不算話的傢伙！」

「是啊！是啊！」蛤蟆不耐煩的說。「剛才在屋裡，你說得頭頭是道，那麼感人肺腑，我當然任你擺布了。可是現在，我把自己做過的事細細思考了一遍，我覺得我確實一點也不懊悔。」

「這麼說，你以後還想繼續飆汽車囉？」獾說。

「當然！」蛤蟆斬釘截鐵的說：「只要讓我看到一輛汽車，我絕對會馬上坐上去開走！」

獾站起來，堅決的說：「那好，既然你不聽規勸，那我們就只好來硬的了。蛤蟆，你不是總邀請我們，來你這幢漂亮的房子，跟你一起住嗎？現在，我們決定住下來了。我們什麼時候把你的想法改變過來，我們就什麼時候離開。你

們兩個，把他帶到樓上去，鎖在他的臥室裡！」

蛤蟆連踢帶踹的掙扎著，卻還是被兩位忠實的朋友拖上樓去了。之後，三個朋友開了一個會議，商議接下來的對策。

「我從沒見過蛤蟆這麼頑固過。」獾歎了口氣，「不過，我們一定要堅持到底。」

於是，他們輪流值班，晝夜守在蛤蟆的臥室裡。起初，蛤蟆很固執，他把臥室裡的椅子擺成汽車的樣子，自己蹲在最前面，兩眼緊盯前方，嘴裡發出古怪的聲音。興奮到極點時，他會翻一個大筋斗，攤開四肢，躺在東倒西歪的椅子當中。

隨著日子一天天過去，蛤蟆這種近乎走火入魔的行為也越來越少。可是，他對其他事物也沒有任何興趣，漸漸變得無精打采，鬱鬱寡歡。

一個晴朗的早晨，輪到河鼠值班，他上樓去接替獾。獾臨走前提醒他說：「河鼠，你可要當心啊！每當蛤蟆變得順服，表現出一副乖孩子的模樣時，就是他最狡猾的時候。他肯定會耍什麼奇怪的花招，你可別被騙了！」

「老朋友，你還好嗎？」河鼠走到蛤蟆的床旁，愉快的問道。他等了好幾分鐘，才聽到一個微弱的聲音答道：「親愛的河鼠，你好嗎？鼴鼠好嗎？」

「我們都很好，」河鼠答道：「鼴鼠跟獾一起出去散步了，要到吃午餐的時間才會回來。所以，今天上午就只剩我們兩個。我會盡力讓你開心起來的。快下床吧！天氣這麼好，別總賴在床上！」

蛤蟆有氣無力的說：「親愛的河鼠，你不了解，我現在怎麼快樂的起來呢？恐怕永遠也不可能了！我不該再給你們添麻煩，我知道，我只是個累贅。」

「別這樣說，」河鼠說。「只要你能改邪歸正，要付出多少心力我都願意。」

蛤蟆更加虛弱的低聲說：「既然這樣，那麼我求你，幫我請個醫生來……不，還是算了吧！這太麻煩你們了。」

「蛤蟆，你怎麼了，為什麼要請醫生來？」河鼠湊到蛤蟆的面前，仔細的觀察他。蛤蟆安靜的躺在床上，聲音越發微弱，連神情都完全變了。

「聽著，老朋友，」河鼠說，他有點驚慌起來：「如果你真的需要，我當然會去替你請醫生來。可是你還沒病到這個地步呀！」

「我親愛的朋友，」蛤蟆慘澹一笑，說：「我的病恐怕連醫生也無能為力了。不過，我總得再努力看看。請你順便把律師也請來，好嗎？」

「請律師？哎呀！看來蛤蟆真的病得很嚴重！」河鼠驚慌失措，急匆匆的步出臥室，向村子跑去。

一聽到河鼠鎖上門的聲音，蛤蟆立刻輕輕的跳下床，跑到窗口，看著河鼠遠去的背影放聲大笑。蛤蟆飛快的穿上衣裳，接著把床單結成繩子，將一端繫在窗框上。然後他爬出窗戶，順著床單輕輕滑落到地上，朝著和河鼠相反的方向，邁開腳步，吹著口哨，一派輕鬆的揚長而去。

吃午餐時，河鼠難以下嚥，他不得不將這令人難堪、又難以置信的事告訴獾和鼴鼠。獾苛責了他幾句，話說的不重，但聽在耳裡不是滋味。就連一向站在河鼠這一邊的鼴鼠，也忍不住說：「河鼠兄，這次你可真是有點糊塗了！」

「他裝得實在太像了！」垂頭喪氣的河鼠說。

「他簡直把你騙得團團轉！」獾怒氣未消，「現在他肯定已經跑遠。最糟的是，他那麼自以為是，什麼愚蠢的事都做得出來。我們最好還是在這裡多住幾天，蛤蟆隨時都有可能回來。」

這時，得意洋洋的蛤蟆，正走在離家好幾里遠的馬路上。在他聽來，四周一切都像和他心裡唱的得意歌合音，他得意忘形的幾乎要跳起舞來。

蛤蟆昂首闊步的往前走，一直來到一座小鎮。他大步走進一家小旅館，點了一份最好的午餐，便狼吞虎嚥起來。

正吃著的時候，一個非常熟悉的聲音從街上傳了過來。蛤蟆不由得渾身一震。聲音越來越近，一輛汽車開進餐館的前院，停了下來。蛤蟆緊緊抓住桌腳，掩飾自己難以抑止的激動。車上的人走了進來，一群人有說有笑，大談他們乘坐的那輛汽車的優異性能。蛤蟆傾聽了一會兒，最後終於忍不住，悄悄溜到了前院裡。汽車就停在前院當中。蛤蟆慢悠悠的圍著它轉，仔細的打量著。

「不知道這種車好不好開？」蛤蟆心裡想著。才一眨眼的工夫，不知怎麼的，他已經發動了車子。就像做夢一般，他開著車在院子裡繞了一圈，然後駛出了大門。汽車衝過街道，開上馬路，越過曠野。他一面驅車飛馳，一面高聲歌唱。這時，他似乎忘掉了一切，只知道自己又成了所向無敵的蛤蟆，根本不在乎自己會出事。

「被告的罪行證據確鑿：第一，他偷了一輛昂貴的汽車；第二，他違法駕駛，危害公眾；第三，他不接受取締，侮辱警察。」首席法官激動的說。

書記官說：「偷車罪應處十二個月監禁，瘋狂駕駛應處三年監禁，侮辱警察則應處十五年監禁，三項加在一起，總共是十九年。」

「好極了！」首席法官說。「不如乾脆湊成整數：二十年好了。」書記官加上一句。「這個建議真是太好了！」首席法官讚許的說：「被告！站起來！

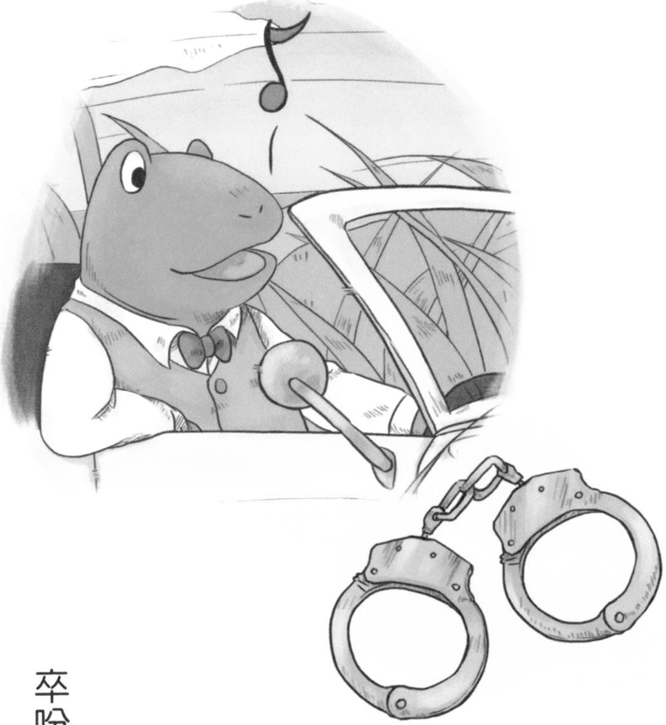

你被判處二十年的監禁！」

隨後，蠻橫的法警走向蛤蟆，給他戴上鐐銬，將他拖出法庭。蛤蟆一路尖叫、抗議、求饒。他被拖著走過咯咯作響的吊橋，穿過布滿鐵釘的鐵閘門，鑽過陰森可怕的拱道，經過刑訊室、斷頭臺，一直走到監獄最深處，那間陰森的地牢門前。

「這個壞蛋要嚴加看管。」法警對老獄卒吩咐：「他是個窮兇惡極的累犯、詭計多端的傢伙。」老獄卒臉色暗沉的點了點頭，將笨重的牢門關上。

就這樣，蛤蟆成了一個可憐無助的囚犯。

第七章　牧神的笛聲

仲夏夜，清涼的風漸漸吹走鬱悶的暑氣。鼴鼠躺在河岸上，等著去水獺家做客的河鼠歸來。

河鼠的腳步由遠而近。「啊！多涼快呀！太美了！」他邊說邊坐了下來。

「吃過晚餐了吧？」鼴鼠問。

「他們一直不肯放我走。」河鼠說：「你也知道，水獺一家一向熱情又好客。可是我總覺得事有蹊蹺，因為儘管他們竭力掩飾，我還是看出他們遇上了麻煩。我想，他們的孩子小胖胖又失蹤了。」

鼴鼠不以為意的說：「小胖胖實在太愛冒險啦！但是他每次走丟之後，過一段時間就會回來了。你不用擔心啦！」

河鼠語氣沉重的說：「可是這次問題比較嚴重，他已經好幾天沒回家了，

水獺夫婦問遍方圓幾里的動物們，大家都說不知道他的下落。更何況，小胖胖的游泳技巧還不行，水獺擔心他會在河壩上發生意外。所以他說要去淺灘那裡守夜。」

「水獺為什麼只挑那地方守夜呢？」鼴鼠問。

河鼠接著說：「因為那是他第一次教小胖胖游泳的地方，也是他們經常釣魚的地方。所以，水獺每晚都會抱著一絲希望去那裡等著。」

一時之間，他們都沉默了。過了一會兒，鼴鼠說：「我們乾脆把船划出來，往上游去，而且月亮也快出來了，我們可以藉著月光盡力搜索一下。」

他們把船划出來。河面一片漆黑，夜空中充滿各種小動物細碎的聲響。河水流淌的聲音，也顯得比白天響亮。

他們在河中小心翼翼的划著。一片銀色的光輝漸漸從地平線上升起來。當月亮高懸在夜空中，廣闊的草地，靜謐的花園，還有夾在兩岸之間的整條河，全都柔和的展現在眼前。

月光下，兩個朋友在兩岸之間來回的搜尋著。直到那輪皓月依依不捨的沉入地平線下，神祕又一次籠罩田野和河流。天際開始逐漸變得明朗。輕風拂過，吹得蘆葦和蒲草沙沙作響。河鼠忽然坐直身體，聚精會神的側耳傾聽。鼴鼠忍不住好奇的望著他。

河鼠神色激動的說：「多優美！多神奇呀！遠處那悠揚婉轉的笛聲，那清脆歡快的呼喚，往前划吧！鼴鼠。那音樂和呼引一定是在召喚我們！」

「除了蘆葦、燈芯草和柳樹裡的風聲，我什麼也沒聽到。」鼴鼠驚訝的說。不過，他還是聽從河鼠的話，默默的向前划去。

不一會兒，他們來到了一處河道分岔的地方，笛聲越來越清楚。河鼠歡喜的喊道：「你現在一

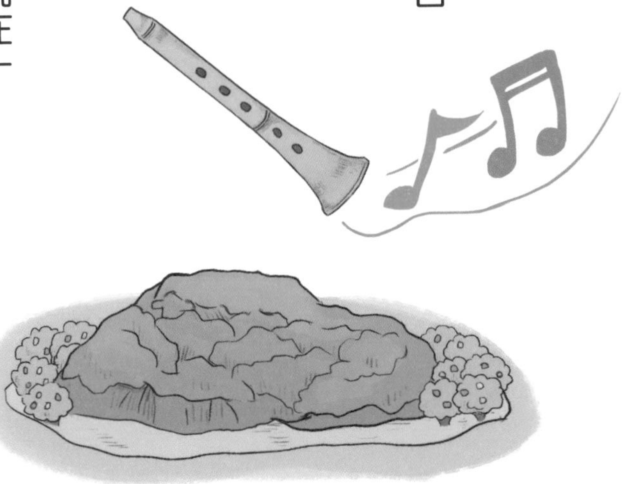

定也聽到了吧！」

如流水般歡暢的笛聲向鼴鼠迎面而來，澈底席捲他。他屏氣凝神，痴痴的坐著，連划槳也忘了。他們待在那裡一動也不動。然後，伴隨著醉人的旋律而來的，是清晰迫切的召喚。

他們的船繼續向前滑行。天色更加明亮，兩邊沿岸的草地顯得無比清新翠綠。他們能感覺到，終點已經不遠了。

在前面的一座大壩的環抱中，安然躺臥著一座小島，四周層層密密長著柳樹、白樺和赤楊，像蒙著一層神祕的面紗。兩個好朋友毫不遲疑的把船停泊在鮮花似錦的小島岸邊。

他們悄悄的上岸，穿過花叢草地和灌木林，來到一片長滿野櫻桃樹、野刺李樹的天然果園中。「這裡就是這美妙音樂傳出的地方。」河鼠神色恍惚的喃喃低語。鼴鼠的心中不禁也湧起一股敬畏之情。四周棲滿鳥雀的樹枝上，依舊悄無聲息。天色越來越亮了。

笛聲現在已經停止了，但那股召喚的力量仍舊強而有力。鼴鼠無法抗拒這種呼喚，小心翼翼的抬起了頭。就在這一刻，他看到一對彎彎的犄角，在晨光下發亮；一雙和藹的眼睛俯視著他們，慈祥的兩眼間是剛毅的鷹鉤鼻；藏在鬍鬚下的嘴巴，嘴角似笑非笑的微微上翹；修長而柔韌的手裡握著那支牧神之笛；線條優美的雙腿安適的盤坐草地上；而依偎在牧神兩蹄之間的，是小水獺那胖乎乎的小身子。

驟然間，天邊升起一輪金光燦爛的太陽，光線直射他們的眼睛，照得他們眼花撩亂。等到他們能再看清楚東西時，那神奇的景象已經消失的無影無蹤。一種說不出的失落湧上心頭。

這時，一陣微風，輕柔的飄過水面，吹拂在他們的臉龐上。忽然之間，他們就忘掉了剛才發生的一切。

「這就是我們要找的地方。看！他就在那裡，那個小傢伙！」河鼠高興的喊了一聲，向沉睡的小胖胖跑去。

小胖胖醒來，看到父親的兩位朋友，開心的嘰嘰叫了一聲。河鼠和鼴鼠帶他來到水邊，上了船，讓他安穩的坐好，便開始向下游划去。

來到那熟悉的渡口時，鼴鼠把船划向岸邊。他們把小胖胖送上岸，叫他加快步伐向前走。他們看著小傢伙搖搖擺擺的往前，忽然，小胖胖猛的抬起下巴，腳步變得更快，像是認出了什麼。他們向上游望去，只見老水獺一躍而起、連蹦帶跳，發出一連串又驚又喜的喊叫。

鼴鼠大力的划著船槳，掉轉船頭，然後，任憑河水將他們沖向任何地方。「河鼠，好奇怪。我感覺累極了。」鼴鼠有氣無力的伏在槳上，「就好像剛才我經歷了一件令人驚心動魄的大事一樣。」

「我也這樣覺得，」河鼠仰靠在船邊低聲說道：「真的太累了。但感覺並不是只有身體疲倦。幸虧我們是在河面上，河水可以把我們送回家去。你聽，風在蘆葦叢裡吹奏著小曲子呢！」

「像是一首遙遠的音樂。」鼴鼠神情迷惘的說。

「我也這麼覺得。我好像能斷斷續續的聽到幾句歌詞，讓我試試把歌詞唸給你聽，」河鼠閉上眼睛輕唸道——

為了不讓身體受傷，我移開陷阱，
你瞥見了我，但你要忘記我！……
我找到山林裡的迷失者，
治好他身體的創傷，
再囑咐他把一切遺忘！

「這歌詞是什麼意思？」鼴鼠迷惑不解的問。

河鼠簡潔的回答：「我也不知道，我只是把聽到的告訴你罷了。」

「好，我也來聽聽看吧！」鼴鼠說。暖烘烘的陽光照在他的身上，讓他有點昏昏欲睡。河鼠沒有再出聲。鼴鼠看到他帶著快樂的微笑，沉沉睡去。

第八章　喬裝越獄

自從被關進陰森的地牢後，蛤蟆知道自己已經澈底和外面陽光燦爛的世界隔絕了。他一頭撲倒在地上，陷入了絕望。「一切全完啦！那個名聲顯赫、漂亮體面、自由自在、溫文爾雅的蛤蟆完蛋啦！」

他流著淚哀歎道：「明智的老獾，機靈的河鼠，懂事的鼴鼠呀！你們的判斷是多麼正確！唉！我真是自作自受！」

他就這樣不吃不喝，晝夜不停的哀歎著。老獄卒有個心地善良的女兒，她很同情蛤蟆的悲慘處境。有一天，她對父親說：「我實在不忍心看著這隻可憐的動物那麼受罪，您讓我來照顧他吧！」

她的父親早就厭倦蛤蟆那副愁眉苦臉又不可一世的樣子，於是便同意了女兒的請求。

她打開了蛤蟆囚室的門，一進門就說：「蛤蟆，打起精神來！快來吃飯吧！你看，我給你帶了一點食物，還是熱騰騰的呢！」

馬鈴薯加捲心菜的香氣，立刻鑽進了蛤蟆的鼻孔，不過，他還是踢蹬著雙腿，哭個沒完。聰明的女孩暫時退出去，熱菜的香氣卻留在牢房裡。

蛤蟆一邊抽泣，一邊用鼻子聞著，不由得漸漸拋開憂傷，開始去想值得高興的事。他想到陽光下廣闊的草地，餐桌上碗碟清脆的碰撞聲，以及自己未完成的事業。陰暗的牢房似乎變得明亮了。他想起了自己的朋友們，他們肯定會設法營救他的；他還想到，以自己絕頂聰明的頭腦，肯定什麼事情都能辦到的，這麼一來，似乎所有的苦惱便一掃而空了。

幾個鐘頭以後，女孩端著一個托盤回來。上面有一杯冒著熱氣的香茶，還有一盤熱騰騰的奶油吐司。香氣撲鼻的奶油吐司，使蛤蟆憶起他可愛的廚房，美味的早餐，冬日的爐火。蛤蟆坐起身來，抹去眼淚，啜了一口茶，大口的嚼起吐司。

蛤蟆的情緒逐漸恢復過來，他開始侃侃而談，對女孩說起他那幢豪華住宅的一切，也談起他的動物朋友們……。

女孩津津有味的聽著蛤蟆滔滔不絕的炫耀自己。最後，女孩把蛤蟆的水罐盛滿，將鋪在地上的稻草弄得更加蓬鬆舒適後，便向他道了晚安。這時，蛤蟆已經又恢復成原先那個自大的蛤蟆了。他唱著一、兩首小曲子，蜷縮著身體躺在稻草裡，舒服的睡著了。

從那以後，蛤蟆和女孩經常在一起愉快的談天。女孩越來越替蛤蟆感到委屈，她覺得，為了一點微不足道的過失，就把蛤蟆關在牢裡，實在太過分了。而自大的蛤蟆，卻以為女孩之所以這麼關心自己，是因為對他心生愛慕。他甚至自以為是的想，他們因為社會地位太懸殊而不能在一起，這是多麼遺憾的一件事啊！

有天早上，女孩對他說：「蛤蟆，你聽我說。我有個姑媽，她是個洗衣婦。」

蛤蟆和氣的說：「這沒關係，我也有好幾位姑媽，本來也都該當洗衣婦的。

這不算什麼丟臉的事。」

「蛤蟆，聽我說完好嗎？」女孩打斷他的話。「你的壞毛病就是話多。我是說，我有位姑媽，她是個洗衣婦。她替這所監獄裡所有的犯人洗衣服。我想到一個辦法：你很有錢，而她很窮；如果你能給她一些錢，或許你們能做一筆交易，你可以穿上她的衣裳，混出監獄。你們兩個長得蠻像的，身材也差不多。」

「我和她一點都不像，」蛤蟆不滿的說：「我的身材多優美呀！」

「我的姑媽也一樣很好！」女孩生氣的說：「你這個不知感恩的傢伙！」

「好，多謝你的好意啦！」蛤蟆連忙說：「你是一位善良聰明的好女孩，我確實是隻又驕傲、又愚蠢的蛤蟆。就按照你說的去辦吧！」

第二天傍晚，女孩把她的姑媽帶進蛤蟆的牢房，蛤蟆把一些金幣放在桌上，

這場會面進行的很順利。蛤蟆的金幣換來一件印花棉布裙衫、一條圍裙、一條大圍巾，還有一頂褪了色的黑布女帽。老婦人提出的唯一要求就是把她捆起來，堵上嘴巴，扔在牆角，使她看起來像個受害者一樣。

蛤蟆欣然接受這個建議。因為這能為他的越獄增添一些傳奇色彩。將老婦人捆住之後，女孩一邊笑著，一邊動手為蛤蟆穿戴打扮起來。

「現在，你跟她簡直一模一樣。」她咯咯笑著說：「蛤蟆，再見了！祝你好運。路上要是有男人跟你搭訕，你可要記住，自己是一位寡婦，千萬不能丟了名聲呀！」

蛤蟆惴惴不安的走出牢房。他驚喜的發現，這一道道的關卡都非常順利的通過了。洗衣婦的矮胖身材以及她身上那件印花布衫，似乎就是一張通行證。甚至在他不知該往哪邊拐彎時，下一道門的衛兵還會高聲招呼他快一點過去。最大的危險，反而是衛兵們對他的搭訕和玩笑。蛤蟆費了好大的勁，總算放下驕傲的自尊心，使自己的回答符合一位洗衣婦的身份。

彷彿過了好幾個鐘頭，他才終於穿過最後一個院子，聽到監獄的門在他身後關上。當感受到新鮮空氣吹拂在額頭上時，蛤蟆知道，**自己自由了**！

蛤蟆朝著小鎮方向快步走去。他不知道下一步該怎麼辦，目前唯一想到的是，必須儘快離開這裡，因為他被迫偽裝的這位洗衣婦，在這一帶是很有人緣，熟識她的人一定不少。

他邊走邊想該往何處，忽然注意到，不遠處就是一個火車站。「啊哈！真幸運！」他想，「到火車站去，就用不著再裝扮成這個丟人現眼的樣子了。」

他直接來到火車站，看了看列車時刻表，剛好在半小時後，有一班往他家方向開去的列車。

蛤蟆興沖沖的到售票處去買票。

他向售票員報了離家最近的車站名稱後，蛤蟆本能的把手伸進背心口袋裡去掏錢。可是他忘了現在穿的只是一件棉布衫。他費了九牛二虎之力也沒掏出一分錢來，排在他身後的旅客等得都不耐煩了。蛤蟆這才驚恐的意識到，他把外衣和背心，連同錢包、鑰匙、手錶、火柴等等東西，全都丟在地牢裡了。有了這些東西，才能讓他看起來體面又有價值。

蛤蟆走投無路，只得豁出去孤注一擲。他擺出自己原有的派頭說：「我忘了帶錢包啦！請先把票給我好嗎？明天我就派人把錢送來。我在這一帶可是無人不知無人不曉。」

售票員盯著他頭上那頂褪色的黑布女帽哈哈大笑說：「別耍這套奇怪的花招了。老太太，請你離開購票口，不要妨礙別的旅客買票！」

蛤蟆滿腹委屈的退出來，漫無目的的沿著月臺往前走，眼淚順著兩頰滾落。眼看著就能安全回家，沒想到一文錢難倒了英雄漢。現在該怎麼辦呢？

蛤蟆的心裡不斷盤算著，不知不覺走到一輛火車前面。一位壯實的司機正在幫火車頭擦拭及上油。

「您好，老太太！」司機說：「您有什麼事情嗎？」

蛤蟆哭了起來，說：「我是個不幸的窮洗衣婦，身上所有的錢都弄丟了，沒錢買火車票，可是我今晚非得趕回家不可。」

「真可憐！您家裡應該還有幾個孩子在等著您吧？」司機同情的說。

「有一大群孩子呢！」蛤蟆抽泣著說。

好心的火車司機說：「好吧！我有個主意，您說自己是洗衣婦，那正好，開火車是個容易弄髒衣服的工作，我有一大堆髒衣服，要是你回家以後，能替我洗幾件衣服，洗好了再送回來，我就讓您搭我的火車。」

蛤蟆喜出望外，急忙爬進駕駛室。當然，他這輩子從沒洗過衣服，所以根本就不打算洗。不過他想著，等他平安回家以後，就送錢給司機，讓他能洗很多很多的衣裳，這樣豈不是更好？

終於，司機拉響汽笛，火車隆隆駛出月臺。蛤蟆看到田野、樹叢、矮籬從身邊飛掠而過，一想到離家越來越近，又想到好朋友、錢幣、軟軟的床、美味佳餚，想到人們對他的傳奇經歷齊聲讚嘆。想到這一切，蛤蟆忍不住興奮的蹦蹦跳跳，大聲的唱起歌來。

就在蛤蟆幻想著到家後要吃什麼晚餐時，他注意到司機把頭探出窗外，臉上露出疑惑的神情：「真奇怪，今晚這條路線，我們應該是最後一班車，可是我卻聽到後面還有一輛火車行駛而來，像是在追我們！」

蛤蟆的脊椎骨一陣隱隱作痛，一直傳到兩腿。他蹲在煤堆裡，絞盡腦汁想著脫身的辦法，卻還是一籌莫展。

「他們很快就會趕上我們了！」司機說：「那輛火車上都是些奇奇怪怪的人！好像是獄卒和警察，還有幾位紳仕，他們手上都揮著武器，大聲喊著：『停車！停車！』」

蛤蟆倏地跪倒在煤堆裡，哀求道：「救救我吧！好心的司機先生，我向你坦白供認一切，我不是什麼洗衣婦……。」

火車司機聽了蛤蟆的陳述後，神情嚴肅的說：「你確實是一隻鬼心眼很多的蛤蟆，我有權把你交給法律制裁。不過你現在有難，我不會見死不救。而且，我討厭汽車，也討厭駕駛火車時被警察指揮。再說呢，我只要看到誰流淚，就會心軟。我會盡力幫你！」

於是他們拚命的往鍋爐裡添煤，可是追趕的火車還是越來越逼近。司機歎了口氣，說：「這樣恐怕不行。他們的火車沒有載東西，跑起來很快。我們只有一個辦法了。聽我說，前面有一條很長的隧道，過了隧道，鐵軌會穿過一座濃密的樹林。一過隧道，我就會緊急煞車，到時候你趕緊跳下去，跑進樹林裡躲起來。」

他們再添進了一些煤，火車轟隆隆狂吼著衝進隧道。當他們從隧道另一端衝出時，司機關上汽門，踩住煞車器，等車速減慢到差不多和步行一樣時，他大喊一聲：「跳！」蛤蟆跳下去，飛快的滾過一段短短的斜坡，從地上爬起來後，居然毫髮無傷。他趕緊跑進樹林，躲了起來。

蛤蟆從樹林裡偷偷往外看，只見後頭追來的火車從隧道裡衝了出來，車上的人揮舞著不同的武器，還在高喊著：「停車！停車！」。等他們駛遠後，蛤蟆忍不住哈哈大笑。

可是沒多久，蛤蟆就笑不出來了。火車震耳的隆隆聲消逝之後，樹林裡便一片死寂，非常嚇人。他找到一個樹洞，用樹枝和枯葉鋪了一張床，就沉沉的睡著了。

第九章　南方召喚

河鼠的心靜不下來，連他自己也不清楚為什麼。表面上看，大自然還是一派欣欣向榮的盛夏景象，不過，農田已由翠綠變為金黃，叢林開始染上烈焰般的赤褐色；空氣裡蕩漾著一種離別的氛圍，許多鳥兒逐漸南遷；有時夜晚躺在床上，河鼠也能聽到南行的鳥兒們，拍打著翅膀掠過夜空的聲音。

到處都是行色匆匆、忙著辭行送別的身影。在這種時候，很難安下心來認真做點正事。河岸的燈芯草已經長得又高又密，大河的水流也變得緩慢。河鼠離開河岸，鑽進一大片麥田裡。穿行在翻湧的金黃麥浪之間，粗壯的麥稈在他的頭上織出一片金色的天空。

在麥田裡，河鼠有許多田鼠朋友。他們有的在忙著挖洞掘壕，有的在埋頭捆紮財物。遍地都是一堆堆、一捆捆的糧食、果實，等待著被運走。

「河鼠兄你來啦！」他們一見河鼠，便高聲喊道：「快過來幫忙吧！」

「你們在做什麼？」河鼠板著臉說：「現在還不是準備過冬的時候吧！」

「是啊！這我們知道。」一隻田鼠有點不好意思的說：「不過，把握時機總是好的嘛！我們必須趕在那些機器開始翻地之前，把這些東西搬走。當然，現在是太早了一點沒錯，但是我們也只是剛開始而已。」

「幹嘛這麼早開工呀！？」河鼠說：「天氣這麼好，跟我一起去划划船、散散步，或者去野餐不是更好嗎？」

「噢！我們今天就不去了，謝謝你。」田鼠急忙婉言謝絕，「也許再過一些日子，我們就會有空陪你了。」

「在聖誕節以前，你們恐怕是不會有空了！」河鼠氣呼呼的走出麥田，悶悶不樂的回到河邊。

河鼠看見岸邊一排柳林的枝頭上，有三隻燕子正熱烈的低聲交談著。

「難道，你們現在要走了嗎？」河鼠踱到他們面前問道。

「我們還沒有要離開，」第一隻燕子回答說：「我們只是在討論今年打算走哪條路線，在哪裡休息等，這些事很有趣哦！」

「我不懂，」河鼠說：「還沒到非走不可的時候，就先開始談論，這也未免……」

「你當然無法了解，這不是我們沒事找事做。」第二隻燕子說：「剛開始，我們內心會感到一種甜蜜的情緒在鼓動著我們，接著往事就像信鴿一樣飛了回來。夜間，它在我們的夢中翱翔；白天，它就隨我們在生活中盤旋。我們渴望互相分享資訊，讓自己確信這一切都是真實的。」

「今年你們能不能留下來，不要走？」河鼠建議道：「我們會盡力讓你們在這裡過得舒適愜意的。」

「有一年，我曾試著留下來過，」第三隻燕子回憶著以前的情景。「頭幾個星期的情況還不錯，可是後來，黑夜那麼的漫長，整天陰沉沉的，天寒地凍，我的勇氣全消失了。於是某日，在一個寒冷的風雪裡，我拚命的向內地飛啊飛，和風雪打了一場硬仗，好不容易才飛了過去。當我再一次感受到南方暖和的陽光曬在背上，嚐到第一隻肥美的蟲子，那種幸福的感覺真是永生難忘呀！所以，我不能留下來，我再也不敢違抗南方的召喚了。」

「是啊！南方在召喚！」另外兩隻燕子也呢喃著：「南方的歌、南方的色彩、南方明朗的天空。」他們已經忘記河鼠的存在，只顧沉醉在自己美好的回憶裡。

河鼠的心弦被撥動得震顫起來。如果能親自去南方體驗一下，那將會是怎樣的滋味？他爬上大河北岸平緩的斜坡，仰躺下來，朝南方開始縱情幻想。他似乎看見山的那一邊，有碧波蕩漾的海洋、有陽光普照的沙灘、寧靜的港灣以及氣派的船舶。

一陣腳步聲傳來，一隻風塵僕僕的老鼠走到河鼠的面前，遲疑了片刻，便在他身旁坐了下來。

這位陌生的老鼠打量著河鼠說：「看你的體格，我想你一定是位水手。只要你身強體壯能划船，就可以一直享受這種生活。可惜，我現在就要離開這裡，聽從那古老的呼喚，往南邊去流浪了。」

「你來自哪裡？」河鼠問道。

遠行的老鼠簡短的回答：「我從一個可愛的小農莊來，在那裡要什麼有什麼。不過現在，我來到這裡，離我渴望的地方又近了許多！」他目光炯炯的緊盯著地平線，像在傾聽某種聲音。

河鼠說：「我猜，你不是務農的，你也不是我們本地的老鼠吧？照我看，你不是本國的老鼠。」

老鼠陌生客說：「沒錯，我是一隻航海老鼠，從別的國家來，以四海為家，我的家族一直都是水手。」

「你常去遠洋航行吧？」河鼠產生興趣，「你一定很懷念海上的生活。」

航海鼠坦白的說：「其實最吸引我的，是在岸上的快樂時光。南方的那些海港，多麼令人嚮往啊！」

「你能跟我講講你的經歷嗎？讓我增長一些見識。」河鼠請求道。

航海鼠說：「我在君士坦丁堡出生。從君士坦丁堡到倫敦，任何一座迷人的港口都是我的家。上一次航行，把我帶到這個國家。我這次航行出海，搭乘的是一艘小商船，航向希臘和地中海一帶的東方古國。那些日子，我忙著進港出港，白天陽光燦爛，就睡在麥酒槽裡；夜晚在星空下，縱情高歌！」

河鼠聽得十分入迷，如墜夢境，彷彿乘上一艘遊艇在海上漂呀！盪呀！

航海鼠接著說：「沿著義大利的海岸向南航行，在科西加，我搭上一艘運送葡萄酒的船。傍晚時分，我們到達阿拉西奧港口，船員們把酒桶扔下船去，用繩子把酒桶一個個連結起來，然後水手乘上小艇，划向岸邊，小艇後面拖著一長串上下漂浮的酒桶，就像一長串海豚。所以，我曾去過許多港口，一半走陸路，一半走海路，最終來到馬賽，和我的老朋友們聚會暢飲了一番！」

「你這些話倒是提醒了我，」好客的河鼠說：「現在已經中午了，歡迎你來我家吃飯。」

「噢！你真親切！」航海鼠說：「不過，你能不能把午餐拿到這裡來？我們可以一邊吃飯，我也一邊跟你繼續分享我的航海經歷。如果進屋去，十之八九我很可能會馬上睡著的。」

「這是個好主意。」河鼠說。他急忙跑回家去，裝了滿滿一籃好吃的午餐，再飛快的跑回河邊。

航海鼠填飽了肚子，又接著講他最近一次航海的經歷。河鼠聽得如癡如醉，激動的渾身顫抖，彷彿身歷其境，隨著這位冒險家穿過風起雲湧的海灣，劈波斬浪，環遊世界。

在河鼠聽來，航海鼠滔滔不絕的講述，似乎變成了水手們起錨時高唱的曲子，日落時漁人們拉網的歌謠，遊艇上彈奏的琴聲。航海鼠不停變幻的話音好似具有魔法，引領著河鼠，時而在海島尋寶，時而在平靜的湖面上釣魚，時而又躺在溫暖的白沙上打盹。

「現在，我該出發了，」航海鼠站起來輕聲說，那雙迷人的眼睛緊緊扣著河鼠的心弦，「我得朝著西南方向，一直走到我最熟悉的濱海小鎮。在那裡，古老的海堤邊，停靠著一些色彩鮮豔的小船。我會靜靜的等待時機，直到我看中的那艘船駛進海港，我才乘著小船，或攀著纜索悄悄的溜上大船去。等早晨一覺醒來，我又會聽到水手的腳步聲和歌聲，起錨機絞盤運作的嘎吱聲，還有收錨時鐵鍊的碰撞聲。當岸邊的白色房屋從我們身邊慢慢滑開，航海就此啟程！船隻展開著白帆，直直向南方前進！

「河鼠小弟，南方在等著你。趁著年輕，進行一場冒險吧！你只要勇敢的邁出一步，就可以跨入嶄新的生活！等到有一天，你厭倦漂泊，還可以再帶著滿腦子精彩的回憶，回到這裡來。我會等著你，相信總有一天，你也會快步邁向南方而來的！」

航海鼠的話音隨著他的腳步漸行漸遠，直到聲音和身影消失，只留下發呆的河鼠，像著魔似的。

河鼠像個夢遊者一樣，神情木然的收拾好地上的東西，回到家裡。他慢條斯理的將一些必需品裝進一個背包，然後，把背包甩到肩上，挑了一根粗棍，毫不遲疑的一腳邁出了家門。

就在這時，鼴鼠出現在門外。

「你要去哪？」鼴鼠一把抓住河鼠的手臂，驚訝的問。

「去南方。」河鼠直直的往前走，看都不看鼴鼠一眼，「先去海邊，然後再乘船，我要向那些召呼喚我的海岸前進！」

鼴鼠慌了，急忙用身體擋住河鼠。他發現，河鼠的眼睛裡好像有波浪起伏，那不是他熟悉的朋友的眼睛！他用力把河鼠拖回屋裡，按倒在地上。

河鼠先是拚命掙扎了好一陣，然後突然像洩了氣一樣，躺著一動也不動。他閉著眼睛，不停發抖著。鼴鼠趕緊將他扶到一張椅子上坐下。河鼠發出一陣歇斯底里的乾嚎，鼴鼠靜靜的守候在朋友身邊。過了一會兒，河鼠逐漸睡去，但嘴裡仍不時的發出囈語，在不解其故的鼴鼠聽來，都是些荒誕的異國奇聞。最後，河鼠終於沉沉的睡著了。

直到快天黑，河鼠才完全清醒過來，但是他一聲不吭，神情沮喪。鼴鼠看了看河鼠的眼睛，又變得像以前一樣清澈了，這才放下心。於是鼴鼠坐下來，努力想讓河鼠打起精神，講講剛才發生的事情。可是那讓人著迷的傳奇經歷，怎麼可能講得清楚呢？

於是，鼴鼠假裝漫不經心的轉移話題，開始談起正在收割的農作物、奮力拉車的馬匹、月光下成捆的稻草，又談起蘋果在變紅、栗子在變黃，還有如何做果醬，釀水果酒的種種。

漸漸的，河鼠呆滯的眼神又亮了起來，並開始和鼴鼠交談。乖巧的鼴鼠悄悄拿來一支鉛筆和幾張紙，放在朋友手邊的桌子上。

鼴鼠說：「你好久沒寫詩了，今晚你可以試著寫一點詩。我想，你只要寫下幾行，哪怕只是幾個字，人就會覺得好多了。」河鼠不感興趣的把紙筆推到一旁。鼴鼠找了個藉口離開了。

之後過了一會兒，當鼴鼠偷偷往房裡看時，就看見河鼠聚精會神伏案揮筆，他時而在紙上寫字，時而咬著鉛筆頭，雖然咬鉛筆頭的時間比寫字的時間還多，可是鼴鼠知道，他的「療法」已經開始奏效了。

第十章　蛤蟆歷險續記

一大早，睡在樹洞裡的蛤蟆醒了。他坐起來，揉揉眼睛，四處張望，尋找熟悉的石牆和有鐵條的窗戶。

然後他的心一跳，想起所有的事情：越獄、逃亡和追捕。現在，他自由了！一想到這裡，他就感到渾身熱血沸騰的。他抖了抖身體，大步走進早晨的陽光裡。

走著，走著，蛤蟆繞過一道河灣時，前方走來一匹老馬，拖著河裡的一艘平底船。船上唯一的乘客，是一位胖女人。

「天氣真好呀！」她跟蛤蟆打著招呼。

「是的，夫人。」蛤蟆彬彬有禮的回答：「這確實是一個美好的早晨。你看，我那個嫁出去的女兒託人捎了信給我，要我馬上去她那裡。為了她，我不

但得丟下洗衣生意，還得丟下家裡那群頑皮搗蛋的孩子，現在我又弄丟了錢包，甚至還迷了路。我那嫁出去的女兒會發什麼事，噢，我真是連想都不敢想啊！」

「您的女兒住在哪裡呀？夫人。」船上的女人問。

「就住在大河附近，」蛤蟆說：「鄰近那幢叫『蛤蟆之家』的漂亮房子，你大概聽說過那裡吧？」

「『蛤蟆之家』？噢！我正往那個方向去呢！」船上的女人說：「上船吧！我載你一程。」

她把船靠到岸邊，蛤蟆高興的上了船，心滿意足的坐下。

「這麼說，夫人，您是做洗衣生意的，對嗎？」船上的女人問道。

「是呀！這真是最棒的職業！」蛤蟆得意的說：「所有的有錢人都把衣服送來我這裡清洗，他們只光顧我這一家！」

「不過，嬤嬤，那些工作想必不用您親自動手吧？」船上的女人態度恭敬的問。

「噢！我有二十幾個替我工作的女工。」蛤蟆開心的說。

「你很喜歡洗衣服嗎？」船上的女人又問。

蛤蟆說：「喜歡，簡直愛得不得了。兩隻手只要一泡在洗衣盆裡，我就心花怒放。那真是一種享受！」

「遇見你真是幸運！」船上的女人高興的說。

「什麼意思？」蛤蟆緊張的問。

船上的女人說：「我也喜歡洗衣服，可是我居無定所，我什麼都得做，不管我喜不喜歡。我丈夫老是偷懶，把船和馬都交給我來管，自己卻帶著狗出去打獵。照說各人應做份內的事，這樣一來，我怎麼有時間洗衣服呢？」

「那就別管洗衣服的事啦！」蛤蟆說。

船上的女人說：「我沒辦法不想。船艙的角落裡還有一大堆髒衣服，你只要挑幾件幫我洗乾淨就行了。因為你說，這對你來說是一種享受，對我而言也是幫了我一個大忙。」

「你讓我來掌舵吧！」蛤蟆慌了。「這樣，你就可以洗你的衣服了。讓我來洗的話，說不定會把它們給洗壞的。」

船上的女人大笑著說：「掌舵得要有經驗，還是讓你做你喜歡的洗衣工作，我來掌舵比較好。」

蛤蟆沒了退路。他想逃走，但是這裡又離岸太遠。

「既然到了這個地步，」他無可奈何的想，「我相信，洗衣服這種工作，就算是笨蛋也能做的！」

他把洗衣盆、肥皂等等的東西搬出船艙，胡亂挑幾件髒衣服，努力回憶著他偶爾看見過的洗衣服情形，開始動手洗了起來。

半個小時過去，不管蛤蟆再怎樣努力，都洗不乾淨那些衣物。他對衣服又搓又揉、又敲又搥，可是它們還是一樣骯髒，但蛤蟆卻已經累得腰酸背痛，兩隻爪子也都泡到皺

巴巴的了。

當蛤蟆第十五次沒拿好肥皂時，突然間，一陣大笑聲嚇得他挺直身體，回過頭去看。船上的女人正仰頭放聲大笑，笑得連眼淚都流出來。

她喘著氣說：「我一直在觀察你，早就看出你是個騙子。我敢打賭，你這輩子一定連抹布也沒洗過！」

蛤蟆本來就十分懊惱，這下子，情緒更是完全失控了。

「你這個粗俗肥胖的船婦！」他大聲吼道：「你怎麼敢這樣對我說話！我可是大名鼎鼎、高貴顯赫的蛤蟆！」

那女人湊到蛤蟆面前，喊道：「一隻叫人噁心的癩蛤蟆，居然上了我這艘乾淨漂亮的船，真是太不像話了！」

她放下舵柄，伸出粗大的手臂，抓住蛤蟆的兩條腿，順勢一丟。一時間，蛤蟆騰空飛起，只感到天旋地轉，耳邊的風聲呼嘯，邊飛邊迅速翻著筋斗。

「撲通！」一聲，蛤蟆掉進了河裡。他抹掉眼睛上的浮萍，第一眼看到的就是那肥胖的女人，正從漸漸遠去的船上探出身來，回頭望著他哈哈大笑。

蛤蟆拚命划水，費力的游向岸邊，好不容易爬上陡峭的河岸後，他撩起濕裙子捧在手上，邁開腳步，努力追趕那艘平底船。

當他終於和船平行時，船上的女人笑著喊道：「洗衣婦，拿熨斗好好熨熨你的臉，也許你就能變成一隻體面的癩蛤蟆啦！」

蛤蟆不屑於停下來和她鬥嘴，因為他要的是實實在在的報復，而不是嘴皮上的勝利。機會來了！那匹拉船的馬，恰好在前頭，他飛跑向前解開縴繩，扔在一邊，然後縱身躍上馬背，猛踢馬肚，策馬離開河岸，直奔開闊的曠野而去。回頭望去，只見那平底船在河中橫轉過來，漂到了對岸。船上的女人發瘋似的揮臂跳腳，連聲喊著：「站住！站住！」蛤蟆大笑，繼續驅馬狂奔。

跑了一陣子，蛤蟆的氣也消了。馬的速度漸漸變慢，最後停了下來，低頭吃起了青草。蛤蟆舉目觀望，發現自己正在一片寬闊的原野上。離他不遠的地方，停著一輛破爛的吉卜賽大篷車。一個男人坐在旁邊抽著菸，身邊燃著一個火堆，懸吊在火焰上方的鐵鍋，發出咕嚕咕嚕的冒泡聲，飄散出濃郁的香味。

蛤蟆感到非常饑餓。他仔細打量著吉卜賽人，心裡盤算著，該對他用搶的、還是用騙的？

吉卜賽人也打量著蛤蟆。過了一會兒，他從嘴裡拿掉菸，漫不經心的說：「你的馬要賣嗎？」

蛤蟆著實吃了一驚。他沒想到，吉卜賽人竟然需要買馬。「什麼？賣掉這匹漂亮的小馬駒？」他說：「不，不，絕對不賣。我非常喜歡這匹馬。」

「那你就試著喜歡驢子吧！」吉卜賽人提議說。

蛤蟆又說：「你難道看不出來，這匹優良的馬是一匹純種馬嗎？我絕對不會賣的。不過話又說回來，要是你真的想買，你打算出多少錢來買？」

吉卜賽人把馬和蛤蟆都上下打量了一番。「一條腿一先令。」他乾脆的說。

「一條腿一先令？」蛤蟆喊道：「等一等，讓我算算看，這樣總共是多少錢。」他爬下馬背，扳著手指算起來。「一條腿一先令，什麼？總共才四先令？

那不行，我不賣！」

吉卜賽人說：「這樣吧！我加到五先令。這是我最後的出價。」

蛤蟆坐著，盤算了好一下子。五先令賣一匹馬，價錢似乎太低了。但是這匹馬並沒有花到他一毛錢，所以不管賣多少，都是他賺了。

最後，蛤蟆斬釘截鐵的說：「這樣吧！我告訴你我最後的要價。你給我六先令六便士，另外，給我一份早餐，而且要可以吃到飽。你要是覺得吃虧，那就算了。」

吉卜賽人嘟嘟囔囔抱怨了半天，最後還是將錢給了蛤蟆。然後，他把鐵鍋裡熱騰騰的雜燴湯倒進一個大鐵盤裡。蛤蟆接過盤子，差點感動的哭出來。他一股腦兒的將食物往肚裡塞，覺得自己這輩子從沒吃過這麼美味的一頓早餐。

蛤蟆吃到肚子再也塞不下了才停止。他起身向吉卜賽人和那匹馬道別。吉卜賽人為他指了路，蛤蟆再次啟程。肚子裡有食物，口袋裡有錢，離他的家和他的朋友也越來越近，蛤蟆感到全身充滿力量，信心百倍。和一小時前的他相比，簡直判若兩人。

「蛤蟆我真是太聰明了！」他高高的翹著下巴，興高采烈的向前走著，「全世界沒有任何一隻動物比得上我！我憑靠自己的智慧和勇氣，從戒備森嚴的大牢裡走了出來。警察開著火車來追我又能怎麼樣？他們連我的影子都沒見到。雖然不幸被一個又胖又壞的女人扔進河裡，但那又算什麼？我不僅搶了她的馬，還用那匹馬換來滿滿一口袋的錢！哈哈！我是聞名天下、英俊瀟灑、戰無不勝的蛤蟆！」蛤蟆越說越得意，不由得扯著嗓門大聲唱起自編的《自大歌》。

世上偉大英雄無數，
史書都有記載，
但論名聲響亮，
無一能比我蛤蟆！

世上一流大學才子，
上知天文下知地理，
但論聰明智慧，
無人能及蛤蟆一半！

大軍列隊行進，
全體舉手敬禮，
國王、將軍駕到？
不，是我蛤蟆來了！

皇后偕同宮女，
倚坐窗前做女紅，
皇后驚呼：「那俊美男子是誰？」
宮女齊答：「是蛤蟆呀！」

蛤蟆邊走邊唱，越唱越得意忘形。忽然，他看見迎面而來的一個小黑點，越來越大，接著，兩聲警告的喇叭聲，鑽進他的耳朵，這一切實在太熟悉了！

興奮的蛤蟆喊道：「這才是真正的生活啊！我要讓他們載我一程，運氣好的話，說不定我還能開著汽車回家！這真是太棒了！」

他信心十足的站到馬路中間，向汽車招手。汽車放慢了速度。就在這時，蛤蟆的心突然冷了一半，臉色也變得慘白，雙膝一直發抖，行駛而來的汽車，正好是他偷過的那輛，他所有的災難都是從那天開始的！車上的人，就是他在餐館裡遇到的那夥人！

蛤蟆癱倒在地，絕望的喃喃自語說：「完蛋啦！又要落到警察手裡，戴上鐐銬，被關進大牢。唉！我是個十足的大傻瓜！倒楣的蛤蟆啊！」

那輛可怕的汽車在他身邊停了下來。兩位紳士走下車，圍著半路上這個縮成一團、正直發抖的可憐東西觀看了一下。

「真慘呀！看來是位洗衣婦，她半路暈倒了！說不定是中暑。」其中一位先生用同情的口氣說：「我們把她抬上車，送到附近的村子裡去吧！」

他們把蛤蟆輕輕的抬上車，繼續上路。蛤蟆知道他們沒認出他來，於是小心翼翼的先睜開一隻眼，再睜開另一隻眼。

一位紳士說：「你們看，她清醒啦！你現在覺得怎麼樣，夫人？」

蛤蟆輕聲說：「太謝謝你們了，先生，我覺得好多了。」

「那就好，」紳士說：「現在，你最好少說話多休息。」

「好！我不說話，」蛤蟆說：「我只是在想，要是我能坐在司機身邊，讓新鮮空氣直接吹在臉上，我一定會好得更快。」

「這女人真聰明！」紳士說。

他們小心的把蛤蟆扶到前座，讓他坐在司機旁邊。對汽車的渴望，在蛤蟆的心裡頭澎湃，弄得他躁動不安。

「先生，求你行行好，讓我開一下車吧！」他對司機請求說：「我看你開車的樣子，好像不是很難，而且挺有趣的。而且我想跟我的朋友們炫耀，告訴他們我曾經開過汽車。」

後座的紳士聽了之後，說道：「好啊！夫人，我欣賞你的這種精神。就讓她試一試吧！」

蛤蟆喜出望外，急不可耐的爬到司機的座位上，雙手緊握著方向盤。起先，他還裝作謙虛的樣子，聽從司機的指點，開得又慢又小心。

後座的紳士們鼓掌稱讚說：「想不到一個洗衣婦開車能開得這麼棒！」

漸漸的，蛤蟆把車越開越快。坐在後面的紳士出聲警告，說：「洗衣婦，開慢一點吧！」這話激怒了蛤蟆，使他開始失去理智。

司機想動手制止，可是蛤蟆用一隻手臂把他牢牢按在座位上，讓他動彈不得。汽車全速奔馳起來。

蛤蟆肆無忌憚的喊道：「哈！這輛車落到我這大名鼎鼎；技術超群的蛤蟆手中了！」

車上的人驚恐萬分的大叫起來：「抓住他！他是罪大惡極的蛤蟆！」他們倏地起身，撲到蛤蟆的身上。

蛤蟆突然把方向盤一轉，汽車衝進了路旁的矮樹籬。劇烈的顛簸之後，汽車衝入一個水塘，泥濘的水花四濺。

蛤蟆自己則往上被彈飛出去，在空中劃出一道優美的弧線。他覺得有點好奇，不知道自己會不會繼續這樣飛下去，直到長出翅膀，變成一隻蛤蟆鳥。突然間，「砰！」的一聲，他四腳朝天的落在了鬆軟的草地上。

蛤蟆坐起來，看到那輛汽車就快要滅頂，車上的人正無可奈何的在水裡掙扎。蛤蟆迅速跳起來，朝荒野的方向拚命跑去。

直到跑得快喘不過氣來，蛤蟆才放慢速度，開始緩步前行。「蛤蟆又成功了！」他得意洋洋的高聲喊道：「又是一次大獲全勝！」

這時從身後遠處，傳來一陣喧鬧聲，蛤蟆回頭一看。哎呀呀！一個司機和兩名鄉村警察，正飛快的朝他奔來。

蛤蟆一躍而起，「嗖！」的一下，迅速逃走了。一顆心幾乎要跳到喉嚨裡，只敢拚命的狂奔。可是他又胖又肥，還有一雙小短腿，根本跑不過他們。他們離蛤蟆越來越近。這讓蛤蟆顧不得辨別方向，只能發瘋似的亂跑。突然，他一腳踩空，撲通一聲，一頭栽進了大河裡。湍急的水流挾著他向前沖去。

蛤蟆在水裡載浮載沉。忽然，他發現自己正流向岸邊的一個大黑洞。他伸出一隻爪子，抓住了岸邊，然後吃力的把身體慢慢拖出水面，兩肘撐在洞的邊緣，大口大口的喘著氣。

蛤蟆喘息著往黑洞裡一看，只見洞穴深處有兩個小光點正朝他移過來。當那光點湊到他前面時，露出了一張熟悉的臉！一張圓圓的、長著鬍鬚的臉，一對小巧的耳朵，以及絲綢一般發亮的毛髮。

原來是河鼠！

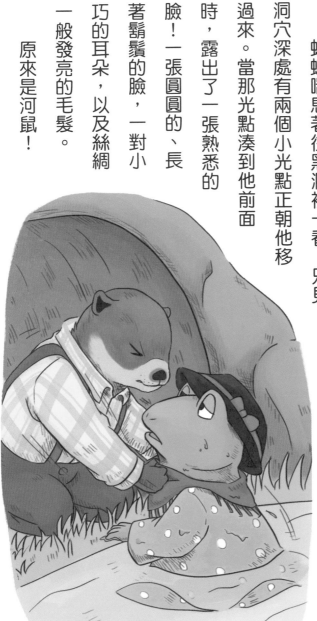

第十一章　家園變色

河鼠伸出一隻褐色小爪子，緊緊抓著蛤蟆的脖子，將他用力拖進洞裡，這裡正是河鼠的家。

蛤蟆喊道：「河鼠兄啊！你無法想像，我這段日子的經歷，驚險萬分，全靠我聰明的計畫一次次的絕處逢生！他們都被我騙得團團轉！」

河鼠嚴肅的說：「蛤蟆，你快上樓去，脫掉身上這件破布衫，好好把身體洗乾淨，換上我的衣服再下樓來。我這輩子還沒見過比你更狼狽的傢伙！」

蛤蟆起初還想反駁幾句。可是他從鏡子裡看見了自己的樣子，立刻二話不說，乖乖的上樓了。

等他梳洗乾淨下樓時，午餐已經擺在桌上。吃飯時，蛤蟆眉飛色舞的向河鼠敘述他的整個冒險經過。河鼠始終沉默不語，神色卻越來越嚴肅。蛤蟆不停

的說著，告一個段落後才停了下來。

沉默片刻後，河鼠開口了。「好了，蛤蟆，不論如何，你吃了不少苦頭。不過，你所講的這一切到底有什麼樂趣？歸根究柢，都是因為你迷上汽車，你要到什麼時候才能清醒？」

在河鼠嚴厲的勸導他時，蛤蟆低聲嘟噥著：「可是那確實很好玩呀！」

當河鼠快要說完時，蛤蟆卻深深歎了一口氣，非常謙遜的說：「河鼠兄！你說得太對了！是的，以前我是多麼的狂妄自大啊！不過從現在起，我要做一隻規矩的蛤蟆，再也不幹蠢事了。我們還是心平氣和的聊一下天，然後我會老老實實的走回我的『蛤蟆之家』，重新過著安逸平穩的日子，再也不會胡思亂想、胡作非為了。」

「老老實實的走回『蛤蟆之家』？」河鼠激動的用拳頭重重的敲著桌子，喊道：「難道你沒聽說，白鼬和黃鼠狼已經強占了『蛤蟆之家』嗎？」

聽到河鼠這麼說，大滴的眼淚如泉水般湧出蛤蟆的眼眶，濺落在桌面上。

河鼠緩緩的說：「自從你入獄消失了一陣子之後，動物們分成了兩派。河上的動物都支持你，說你受到不公正的對待；可是野樹林的動物卻說得很難聽，他們說，你是自作自受罪有應得，永遠不會回來了。」蛤蟆點了點頭，一言不發。

「可是鼬鼠和獾卻不辭勞苦的四處奔波，總跟別人說有一天你一定會回來的。」河鼠接著說。蛤蟆在椅子上坐直了身子，臉上浮現出一絲傻笑。

「所以，鼬鼠和獾搬進『蛤蟆之家』，就睡在那裡，他們經常打開門窗讓房子通通風，只為了等你回來。」河鼠繼續說：「但是，在一個月黑風高的暴雨之夜，一幫全副武裝的黃鼠狼，偷襲了『蛤蟆之家』。他們把手無寸鐵的鼬鼠和獾連打帶罵的趕到屋外去，讓他們在風雨中挨冷受凍。」

聽到這裡，蛤蟆居然沒心沒肺的嗤笑出來，但又趕緊住口，擺出非常莊重嚴肅的樣子。

「從那以後，那些野樹林的動物就在『蛤蟆之家』住了下來。」河鼠接著說：「他們在那裡為非作歹，還對外揚言，要在『蛤蟆之家』永遠住下去。」

「他們敢！」蛤蟆站起來，抓起一根棍子，「我馬上就去教訓他們！」

「你給我回來！」河鼠對著蛤蟆的背後喊道。

可是蛤蟆已經頭也不回的走了。他把棍子扛在肩膀上，邊走邊罵的直接衝到「蛤蟆之家」的大門前。突然，從柵欄後面鑽出一隻手裡握著槍的黃鼠狼。

「是誰？」黃鼠狼厲聲問道。「竟敢對我出言不遜？」蛤蟆怒氣沖沖的說：「快滾開！」黃鼠狼二話不說，把槍舉到肩頭。「砰！」一顆子彈從蛤蟆頭上呼嘯而過。蛤蟆嚇了一大跳，立刻往回逃。他聽見黃鼠狼在張狂大笑，還穿插著一些尖笑聲。

蛤蟆泄氣的回到河鼠家，河鼠對他說：「我不是告訴過你嗎？那是沒有用的，你必須要等待時機。」

不過，蛤蟆不願意善罷甘休。他駕著船，划到能夠看見自己家的地方，伏在槳上仔細的觀察。他看到「蛤蟆之家」在夕陽照射下發著光；屋簷下棲息著三三兩兩的鴿子；四處靜悄悄的不見任何動物的蹤影。

他小心翼翼的划進小支流，剛要從橋下鑽過去，卻聽見一聲：「轟隆！」一塊巨石從橋上直落下來，砸破了船底。船艙裡不斷湧入河水，最終沉了下去。蛤蟆掙扎著從深水裡抬起頭時，看見兩隻白鼬正從橋欄杆上探出身子，樂不可支的樣子。蛤蟆氣呼呼的向岸邊游去，兩隻白鼬放聲大笑，笑得幾乎要暈過去。

回到好朋友家，河鼠對無精打采的蛤蟆說：「你真是讓人傷透腦筋，真不知道還有誰會願意做你的朋友了！」

蛤蟆坦率的承認自己犯的過錯，誠心誠意的向河鼠道歉：「請相信我，從今以後，沒有經過你的同意，我絕不輕舉妄動！」

河鼠終於心平氣和下來的說：「我認為，我們兩個現在真的無能為力，等見到鼴鼠和獾以後，我們再一起商量，也許他們會有什麼好方法。」

「喔！鼴鼠和獾，」蛤蟆一派輕鬆的說：「他們現在還好嗎？」

河鼠責備蛤蟆說：「虧你還想到要關心他們！在你開著豪華汽車四處兜風的時候，那兩個可憐的朋友卻餐風露宿，隨時替你守著房子，監視著那幫傢伙，絞盡腦汁盤算著怎樣為你奪回財產。你實在不配有這樣真誠忠實的朋友。若你再不好好珍惜他們，總有一天你會後悔的！」

蛤蟆抽泣著說：「我現在就去找他們，跟他們一起同甘共苦，我要證明……等一等！我聽到茶盤上碗碟的叮噹聲，晚飯做好了！」

河鼠想到蛤蟆吃了很多苦，所以熱情的勸蛤蟆多吃一些。就在他們剛剛吃完晚餐的時候，傳來重重的敲門聲。

進來的是獾先生。他衣衫不整，毛髮蓬亂，看上去像是有幾夜沒有回家了。他嚴肅的走到蛤蟆面前，和他握手，說道：「歡迎回『家』啊，蛤蟆！」說完，便轉過身坐到餐桌旁，切了一大塊的冷餡餅吃了起來。

蛤蟆感到忐忑不安。河鼠悄悄對他說：「別在意。現在別跟他說話。他餓的時候總是會這樣情緒低落。再過半個小時，他就會變成另一個樣子。」

不一會兒，又響起一陣輕輕的敲門聲。這一次進來的是鼴鼠，他也是一副衣衫襤褸的樣子，毛上還沾著一些草屑。

「啊哈！這不是蛤蟆嗎？」鼴鼠驚喜的喊道：「沒想到你這麼快就回來了！」他圍著蛤蟆手舞足蹈起來。「一定是逃出來的吧？你這隻聰明又機靈的蛤蟆！」

河鼠連忙拉了拉鼴鼠的袖子，可是已經太遲。蛤蟆再度挺起胸膛自吹自擂了起來。他說：「我只不過是逃出一座最堅固的監牢，搭上一列火車逃之夭夭，然後喬裝一下瞞過所有的人！」

接著，蛤蟆兩腿叉開站在地毯上，從褲子口袋裡掏出一把銀幣。

「你們看這個！」他賣弄著手裡的銀幣。「你猜我是怎麼弄到的？」

「你繼續說啊，蛤蟆。」鼴鼠感興趣的說。

「蛤蟆，你先安靜一下！」河鼠先是制止了蛤蟆，接著對鼴鼠說道：「鼴鼠，趕快告訴我們，現在情況怎麼樣了？」

「情況簡直糟透了。」鼴鼠氣呼呼的說：「到處都設了崗哨，他們還把槍口對準我們。」

「情況的確很不妙，」河鼠沉思著，「不過我認為，蛤蟆應該……」

蛤蟆激動的喊道：「我才不聽你們的命令呢！現在談論的是我的房子，該做什麼我自己很清楚。」

「全都安靜！」一個尖細、乾澀的聲音說。霎時間，房裡鴉雀無聲。

說話的是獾。他疾言厲色的說：「蛤蟆！難道你不覺得羞愧嗎？你想想，要是你的父親今晚在這裡，知道你的所作所為，他會怎麼說？」

聽到這些話，蛤蟆忍不住掩面痛哭，淚如雨下。

「好了，別哭啦！」獾語氣溫和了一些。「過去的就讓它過去吧！我們得向前看。不過鼴鼠說的全是實情。現在我們實在是寡不敵眾。」

「這麼說，一切都完蛋啦！」蛤蟆哽咽著說。

獾一字一句意味深長的說，「我的話還沒說完。現在，我要告訴你們一個大祕密。離我們這裡不遠的河岸邊有一條地下通道，可以一直通到『蛤蟆之家』的中心。」

蛤蟆慢慢的坐起來，擦乾了眼淚，說：「不可能！『蛤蟆之家』的每一吋土地，我都瞭若指掌。我敢向你保證，根本沒有什麼地下通道。」

獾嚴肅認真的說：「你的父親和我是至交，是他發現那條通道，並且曾經帶我去看過。他對我說：『別讓我的兒子知道，因為他的嘴巴守不住祕密。等他遇到麻煩，用得上通道時，再告訴他。』」

聽了這話，蛤蟆起初有點惱火，可是很快就面露喜色。「也許我是真的有點太多話了。」他說：「但誰叫我天生口才好呢！繼續講下去，老獾，這條通道對我們有什麼用？」

獾接著說：「我收到消息。明天晚上，『蛤蟆之家』要舉行一場盛大的宴會，大概是要給黃鼠狼首領慶生。所有的黃鼠狼都會聚集在宴會廳裡狂歡，不會帶任何武器！而那條地道，正好直通到宴會廳隔壁的餐具室地板下面！」

「啊哈！難怪餐具室的那塊地板老是喀喀作響！現在我可全明白了！」蛤蟆說。

「我們可以悄悄爬進餐具室。」鼴鼠喊道。

「帶著手槍、刀劍和棍棒」河鼠嚷道。

「直接衝進去……」獾說。

「狠狠揍他們一頓！」蛤蟆喜不自勝的在房間裡兜著圈跑。

「那好，我們的計畫就這麼定了。」獾命令道：「現在大家都去睡覺。明

天早上我們再做安排。」

第二天早上，蛤蟆起床下樓時，才發現其他人都吃過早餐了。獾正坐在扶手椅上看報紙。河鼠在屋裡來回奔忙，他把各種各樣的武器放在地上分成了四小堆，一邊跑，一邊興奮的說：「我拿這把劍，這支手槍給獾，鼴鼠就拿這根棍子，這把刀是蛤蟆的！」

「你做得很好，河鼠，」獾從報紙上抬眼望著忙碌的河鼠，「不過，只要我們進了宴會廳，一人一根棍子就夠了，不用五分鐘，一定能把他們全部擺平。」

「小心一點總沒有壞處吧？」河鼠用袖子把一支槍管擦得閃閃發亮，順著槍管察看著。

不一會兒，鼴鼠跌跌撞撞衝進屋來。他得意的說，「真痛快！我把那些白鼬耍得團團轉！」

「你沒有把我們的計畫搞砸了吧？」河鼠擔心的問。

「當然沒有，」鼴鼠充滿自信的說。「早上我看見毛巾架上掛著蛤蟆昨天穿回來的那身洗衣婦的裝扮，就頓生一計。我把它們穿戴上，一路走到『蛤蟆之家』的門口。那些哨兵盤問我，我就假裝恭敬的問他們：『你們有衣服要洗嗎？』那個當班的守衛對我嚷道：『馬上滾開！』我說：『叫我滾？恐怕用不了多久，該滾的就不是我了！』那個守衛對他的手下說：『別理她，她自己也不知道自己在胡說些什麼。』『什麼！我不知道？我告訴你們，今天晚上，一百個持槍的獾，會從馬場那邊進攻蛤蟆之家；滿滿六艘船，拿槍帶棍的河鼠，要在花園登陸；還有一隊想要報仇雪恨的蛤蟆敢死隊，將襲擊果園。到時候你們就不會有什麼東西可洗了，除非你們趁早撤出去！』說完我就跑走了。」

「哎呀！你怎麼可以這麼說？」河鼠驚慌的說。

「哎呀！鼴鼠，你把一切全搞砸了！」蛤蟆嚷道。

「做得太好了！鼴鼠！」獾平靜的說：「你的一個小手指頭裡的才智，遠比其他動物肥胖的身體裡的才智還要多。」

蛤蟆嫉妒得都要發瘋了，他搞不懂，為什麼鼴鼠這樣做反而被稱讚是聰明的。幸好，在蛤蟆還沒來得及發脾氣的時候，午餐的鈴聲就響了。

吃完飯後，獾安坐在一張扶手椅上，說：「趁現在還有時間，我要來睡個午覺。」然後很快就鼾聲大作睡著了。

第十二章　榮歸故里

天快要黑了。河鼠興奮的招呼夥伴們各自站到一小堆軍械前面，開始動手為他們配戴武器。

萬事俱備，獾一手提著一盞燈籠，另一手握著一根大木棒說：「現在跟我來吧！鼴鼠打頭陣，接著是河鼠，蛤蟆殿後。聽著，蛤蟆！你不許像平常那樣多嘴，否則我就把你趕回去！」

蛤蟆生怕會被留下，只好一聲不吭的聽從命令。

獾領著大夥兒沿著河邊走了一小段路，然後，他突然翻身爬下河岸，鑽進岸邊離水面不遠的洞。鼴鼠和河鼠也一聲不響的跟著鑽進洞裡。輪到蛤蟆時，他撲通一聲跌進水裡，發出一聲驚恐的尖叫。朋友們趕緊把他拉了上來。獾又再次警告蛤蟆，要是下次再出差錯，一定會把他給丟下。

他們終於進那條祕密通道。地道低矮狹窄，陰暗潮濕，渾身濕透的蛤蟆忍不住發起抖來。這時，蛤蟆聽到河鼠提醒：「快跟上！」便急忙向前走了幾步，卻一頭撞到了河鼠，河鼠又撞到鼴鼠，然後鼴鼠又撞倒獾，場面一片混亂。獾以為從背後遭到襲擊，拔出手槍準備射擊。

等真相大白後，獾大怒道：「這次，可惡的蛤蟆必須留下來！」

蛤蟆嗚嗚咽咽的哭了起來，河鼠和鼴鼠連忙保證會負責照看好蛤蟆，獾才終於消了氣。再次出發時，換河鼠走在隊伍的最後面，他一邊走，還一邊牢牢的抓住蛤蟆的雙肩。

就這樣，他們一路摸索，蹣跚前行。忽然，他們聽到頭頂上傳來歡呼聲、踩踏地板聲、碗盤的碰撞聲。

「這群黃鼠狼嬉鬧得正開心呢！」獾說。

他們快步走到地道的盡頭，發現已經來到通往餐具室那道門的下面。

獾一聲令下：「弟兄們，一起用力！」接著四個朋友同時用肩膀頂住門，把門給頂開，從地道裡爬了出來。

隔壁的喧鬧聲震耳欲聾。他們聽見一個聲音在說：「好啦！在我坐下之前，（一陣歡呼），我想為我們好心的主人蛤蟆先生說幾句好話。我們都認識蛤蟆！（哄堂大笑）真是誠實善良的蛤蟆！（尖聲哄笑）」

「我非過去揍他不可！」蛤蟆咬牙切齒的說。

「再忍耐一分鐘！」獾好不容易才穩住蛤蟆。

「我給你們唱一首小曲子，」黃鼠狼首領又說：「這是我給蛤蟆編的歌。」（掌聲持續了很長時間）接著，他就尖著嗓子唱起歌來。

獾挺直身體，向夥伴們喊道：「時候到了，跟我來吧！」然後將門推開。

他們憤怒的衝進宴會廳。力大無窮的獾，吹鬍子瞪眼，手中的大木棒在空中揮舞得虎虎生風；鼴鼠橫眉豎目揮著木棒，高喊著令人膽寒的戰鬥口號。河鼠帶著各式各樣的武器，奮不顧身的投入戰鬥；蛤蟆騰空而起，發出狂叫聲，嚇得敵人魂飛魄散。

敵人恐懼的尖叫著跳出窗子竄上煙囪，四面逃竄。戰鬥很快就結束了。地板上，橫七豎八的躺著幾十個敵人，鼴鼠正忙著給他們戴上手銬。黃鼠狼往外逃竄時發出的尖叫聲，透過破碎的窗子，隱隱傳回他們的耳中。

獾說：「鼴鼠，你真棒！麻煩你抄近路出去，看看那些白鼬守衛在做什麼？」鼴鼠馬上從窗口跳了出去。獾又指示河鼠和蛤蟆整理一下現場。「我需要吃點什麼，」獾說：「起來動一動，蛤蟆，我們替你奪回了房子，你總得招待我們一下。」

蛤蟆的心裡有些委屈，因為獾沒有像對鼴鼠那樣稱讚他。蛤蟆對自己的英勇表現十分得意，尤其是他還揍了黃鼠狼首領一頓。不過，他還是和河鼠一起四處搜尋起來。沒多久，他們就找到了一大堆好吃的東西。

這時，鼴鼠抱著一堆槍，從窗戶爬進來，報告說：「那些白鼬一聽到大廳裡的叫嚷聲，很多就扔下槍逃之夭夭了。另一些堅守崗位的白鼬，看到黃鼠狼朝他們奔來，以為自己被出賣了，於是就抓住黃鼠狼不放，互相扭打在一起，在地上滾來滾去，最後全都滾到河裡去了！我把他們的槍都抱回來了！」

獾說：「現在，鼴鼠，我請你辦最後一件事，請你把地板上躺著的這些傢伙們帶到樓上，命令他們把臥室澈底的打掃乾淨，然後，要是你想出出氣，也可以揍他們一頓，再把他們攆出門去。辦完之後，就一起過來吃飯吧！」

好脾氣的鼴鼠拾起一根棍子，把俘虜們押到樓上去。過了一陣子，他下樓來微笑著說：「每間房間都打掃得乾乾淨淨。我也不用揍他們，我想他們今晚已經被打夠了。」他又說：「他們都對過去的所作所為深感懊悔，說今後一定會為我們效力，將功贖罪。所以，我給他們一人一個麵包捲，就放他們走了！」

說罷，鼴鼠坐在餐桌旁，埋頭大吃起來。蛤蟆把一肚子的嫉妒都拋在一邊，誠心誠意的說：「親愛的鼴鼠，你今晚辛苦了，而且我還要特別感謝你今天早上的聰明機智！」

心滿意足的吃完晚餐，他們便上樓睡覺去了，安安穩穩的睡在蛤蟆的房子裡，這是他們用勇敢和智慧奪回來的。

第二天早上，蛤蟆睡過頭了，等他下樓來吃早餐時，發現桌上只剩下一堆蛋殼和幾片冰涼的烤麵包。這讓蛤蟆非常生氣，不管怎麼說，這是他的家呀！

蛤蟆一邊暗自抱怨，一邊勉強吃了起來。坐在扶手椅上、正聚精會神讀著早報的獾抬起頭來，簡短的說：「蛤蟆，今天早上你有事要做了。今天晚上我們應該舉行一場慶祝宴會，請柬要馬上寫好發出去，這件事必須由你來做，這是規矩。宴會的事情我會去安排。」

蛤蟆苦著臉說：「這麼美好的早晨，還要我悶在屋子裡寫信！我想在我的莊園裡痛快的走一走。不過，我自己的快樂又算得了什麼呢！為了神聖的職責和友誼，我樂意做出這些犧牲！」

獾疑惑的望著蛤蟆，想不通蛤蟆的態度怎麼會有這麼大的轉變。

等獾一離開餐廳，蛤蟆馬上衝向書桌。請柬當然要由他來寫，信裡少不了要提到，他在那場戰鬥中的領導地位。他要詳細講述自己如何把黃鼠狼首領打倒在地，還要講講其他傳奇經歷，除此之外，在請柬的空白頁上，他還要列出了晚宴的餘興節目。

蛤蟆對自己的想法大為得意，於是他振筆疾書，到中午的時候，所有的信都寫好了。這時，一隻昨天被俘的黃鼠狼主動上門來，怯生生的問，能不能為先生們效勞。蛤蟆神氣十足的走過去，拍拍他的腦袋，把那些邀請函塞在他的爪子裡，吩咐他火速把信送出去。黃鼠狼感到受寵若驚，急匆匆的執行任務去了。

另外三隻動物在河上玩了一整個上午，談笑風生的回來吃午餐。看到蛤蟆一副趾高氣揚的樣子，鼴鼠不禁有些納悶，河鼠和獾則是有默契的交換了一下眼神。

午餐一吃完，蛤蟆就把雙爪插進褲子口袋裡，漫不經心的說：「好吧！夥伴們，你們請隨意，需要什麼，再儘管吩咐我！」說完，他就想大搖大擺的朝花園走去。他要在那裡好好構思一下今晚演講的內容。

這時，河鼠抓住他的手臂。蛤蟆想要掙脫，可是當獾緊緊抓住他的另一隻手臂時，他知道他的花樣耍不成了。

獾和河鼠挾著他走進房間，把他推到椅子上坐下。

河鼠說：「聽著，蛤蟆，宴會上不許講演，也不許唱歌。我們不是在和你討論，而是告訴你該怎麼做。」

蛤蟆知道夥伴們已經把他看透了，他的美夢再次破滅。

「我能不能唱一首小曲子？」他可憐兮兮的央求道。

「不行！連一首小曲子也不能唱。」河鼠堅定的說，儘管他看到可憐的蛤蟆那顫抖的嘴唇，也感到非常不忍心。

獾直截了當的說：「你很清楚，那並沒有好處。你的歌全都是自吹自擂，你的演講全都是胡說八道……」

「這都是為你好呀！」河鼠繼續說：「你得洗心革面，而現在正是你一生中最重要的轉捩點。」

「其實，我的要求很小，只不過是讓我再盡情表演一個晚上，讓我聽聽雷鳴般的掌聲。」蛤蟆沉思許久，抬起頭斷斷續續的說：「從今以後，我一定會重新做人。朋友們，你們再也不會因為我而感到羞愧了。」蛤蟆用手帕捂住臉，跟跟蹌蹌的走出房間。

河鼠說：「獾，我覺得自己這樣太狠心，你覺得呢？」

「我明白，可是我們非這樣做不可。」獾一本正經臉說：「難道你想看著他成為大家的笑柄嗎？」

「當然不想。」河鼠說：「幸好我們碰上給蛤蟆送信的黃鼠狼，猜到一定事有蹊蹺，抽查了其中的幾封信。不出所料，那些信寫得真是丟人現眼。我把它們全沒收了。鼴鼠現在正在房間裡，重寫一份簡潔明瞭的請帖呢！」

舉行宴會的時間快到了。蛤蟆一直獨自躲在他的臥室裡。他用爪子撐住額頭，凝神思考了很久。漸漸的，他的臉色開朗起來，有點難為情的笑了起來。

他站起身，鎖上房門，拉上窗簾，把房間裡所有的椅子擺成一個弧形，自己昂首挺肚的站在正前方。然後，他鞠了個躬，咳了兩聲，對著想像中的熱情觀眾，放開嗓子唱起《蛤蟆的最後一首小曲子》。

歌聲嘹亮，蛤蟆充滿感情的唱了一遍又一遍。然後，他深深的吐出一口很長、很長的氣。接著他打開門，靜靜的走下樓，去迎接賓客們。

他走進客廳的時候，所有的動物都高聲歡呼，圍過來祝賀他，讚美他的勇敢、聰明和戰鬥精神。而蛤蟆只是淡淡的笑著，輕輕的說：「哪裡！哪裡！這沒什麼。」

水獺看到蛤蟆，大叫一聲跑過來，一把摟住他的脖子，想要拉著他像英雄一樣的在屋裡繞一圈。可是蛤蟆掙脫水獺的雙臂，溫和的說：「獾才是指揮一切的靈魂人物，鼴鼠和河鼠也功不可沒，而我幾乎沒出什麼力。」

蛤蟆出人意外的表現，讓動物們不知所措。當蛤蟆謙虛有禮的回答著每一位客人時，他覺得自己成了客人們真正感興趣的對象。

獾把一切安排得很周到，晚宴圓滿成功。整個晚上，賓客們笑語不絕。端坐在主人席位上的蛤蟆，卻始終保持謙虛的態度，偶爾才和身邊的動物們客氣的寒喧幾句。有時候當他偷瞄獾和河鼠一眼時，總是看到他們驚訝得張口結舌。這讓蛤蟆心裡感覺十分痛快。

宴會進行到中場時，有人敲著桌子喊道：「蛤蟆，來段演講呀！來唱首歌呀！」可是蛤蟆只是輕輕的搖搖頭，表示反對。他細心的關照客人們多多用餐，和氣的和他們閒聊家常。

蛤蟆真的變了！變成一隻洗心革面的蛤蟆了！

盛會之後，四隻動物繼續過著歡快安逸的生活。蛤蟆和朋友們商量後，挑了一條漂亮的金項鍊，配上一個鑲著珍珠的小匣子，外加一封連獾也認為謙虛得體的感謝函，差人送去給獄卒的女兒。蛤蟆還酬謝了火車司機。而且在獾的嚴厲敦促下，他們費了一番周折找到那位船婦，賠償了她丟失馬匹的錢。

在漫長的夏日黃昏，他們偶爾會一起去野樹林散步。每當他們經過，黃鼠狼媽媽們總是會把自己的小孩帶到洞口，指著外面說：「瞧，孩子們，那是偉大的蛤蟆先生！他旁邊是英勇的河鼠大俠。而那一位，就是你們的父親常常說起的、著名的鼴鼠先生！」

要是孩子們不聽話，這些媽媽就會嚇唬說，如果他們再鬧，可怕的獾就會把他們抓走。雖然獾其實挺喜歡孩子的，不過，黃鼠狼媽媽的這一招，總是很管用。

跨時空，探索無限的未來

騎上鵝背或者跳下火山，長耳兔、青鳥或者小鹿
百年來流傳全世界，這些故事啟蒙了爸爸媽媽、阿公阿嬤。
從不同的角度窺見世界，透過閱讀環遊世界！

【影響孩子一生的世界名著】

最適合現代孩子的編排，耳熟能詳的經典故事
呈現嶄新面貌，啟迪閱讀的興味與趣味！

★小戰馬

動物小說之父西頓的作品，在險象環生的人類世界，動物們的頑強、聰明和忠誠，充滿了生命的智慧與尊嚴。

★騎鵝旅行記

首位諾貝爾文學獎女作家寫給孩子的童話，調皮少年騎著白鵝飛上天，在旅途中展現勇氣、學會體貼與善待動物。

★好兵帥克

最能表彰捷克民族精神的鉅著，直白、大喇喇的退伍士兵帥克，看他如何以戲謔的態度，面對社會中的不公與苦難。

★祕密花園

有錢卻不擁有「愛」。真情付出、愛己及人，撫癒自己和友伴的動人歷程。看狄肯如何用魔力讓草木和人都重獲新生！

★小鹿斑比

聰明、善良、充滿好奇的斑比，看他如何在獵人四伏的森林中學習生存法則與獨立，蛻變為沉穩強壯的鹿王。

★青鳥

1911年諾貝爾文學獎，小兄妹為了幫助生病女孩而踏上尋找青鳥之旅，以無私的心幫助他人，這就是幸福的真諦。

★頑童歷險記

哈克終於逃離大人的控制和一板一眼的課程，他以為從此逍遙自在，沒想到外面的世界，竟然有更多的難關！

★森林報

跟著報導文學環遊四季，成為森林知識家！如詩如畫的童趣筆調，保證滿足對自然、野生動物的好奇。

★地心遊記

地質教授李登布洛克與姪子阿克塞從古書中發現進入地底之秘！嚮導漢斯帶領展開驚心動魄的地心探索真相冒險旅行！

★史記故事

認識中國歷史必讀！一探歷史上具影響力及代表性的人物的所言所行，儘管哲人日已遠，典型仍在夙昔。

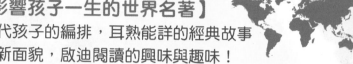

影響孩子一生的奇幻名著

想像力，帶孩子飛天遁地

灑上小精靈的金粉飛向天空，從兔子洞掉進燦爛的地底世界……
奇幻世界遼闊無比，想像力延展沒有極限，只等著孩子來發掘！
透過想像力的滋潤與澆灌，讓創造力成長茁壯！

【影響孩子一生的奇幻名著】
精選了重量級文學大師的奇幻代表作，
每本都值得一讀再讀！

★西遊記

蜘蛛精、牛魔王等神通廣大的妖怪，會讓唐僧師徒遭遇怎樣的麻煩，現在就出發前往這趟取經之路。

★柳林風聲

一起進入柳林，看愛炫耀的蛤蟆、聰明的鼴鼠、熱情的河鼠、和富正義感的獾，猶如人類情誼的動物故事。

★小王子

小王子離開家鄉，到各個奇特的星球展開星際冒險，認識各式各樣的人，和他一起出發吧！

★叢林奇譚

隨著狼群養大的男孩，與蟒蛇、黑豹、黑熊交朋友，和動物們一起在原始叢林中一起冒險。

★小人國和大人國

想知道格列佛漂流到奇幻國度，幫小人國攻打敵國，在大人國備受王后寵愛，以及哪些不尋常的遭遇嗎？

★彼得・潘

彼得・潘帶你一塊兒飛到「夢幻島」，一座存在夢境中住著小精靈、人魚、海盜的綺麗島嶼。

★快樂王子

愛人無私的快樂王子，結識熱情的小燕子，取下他雕像上的寶石與金箔，將愛一點一滴澆灌整座城市。

★一千零一夜

坐上飛翔的烏木馬，讓威力巨大的神燈，帶你翱遊天空、陸地、海洋神幻莫測的異族國度。

★愛麗絲夢遊奇境

瘋狂的帽匠和三月兔，暴躁的紅心王后！跟著愛麗絲一起踏上充滿奇人異事的奇妙旅程！

★杜立德醫生歷險記

看能與動物說話的杜立德醫生，在聰慧的鸚鵡、穩重的猴子等動物的幫助下，如何度過重重難關。

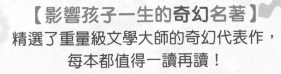

影響孩子一生名著系列 16

柳林風聲

溫暖真誠的友誼

ISBN 978-986-95844-9-4 / 書 號：CCK016

作　　者：肯尼斯．葛拉罕 Kenneth Grahame
主　　編：陳玉娥
責　　編：陳沛君、徐嫵婷、顏嘉成
插　　畫：蔡雅婕
美術設計：蔡雅捷、鄭婉婷

出版發行：目川文化數位股份有限公司
總 經 理：陳世芳
行銷企劃：朱維瑛、許庭瑋、陳睿哲
法律顧問：元大法律事務所 黃俊雄律師
地　　址：桃園市中壢區文發路 365 號 13 樓
電　　話：(03) 287-1448
傳　　真：(03) 287-0486
電子信箱：service@kidsworld123.com
劃撥帳號：50066538

國家圖書館出版品預行編目 (CIP) 資料

柳林風聲 / 肯尼斯．葛拉罕作．-- 初版．--
桃園市：目川文化，民 107.09
面；　公分．--（影響孩子一生的奇幻名著）
ISBN 978-986-95844-9-4（平裝）

873.59　　107013662

網路書店：www.kidsbook.kidsworld123.com
網路商店：www.kidsworld123.com
粉 絲 頁：FB「悅讀森林的故事花園」

印刷製版：長榮彩色印刷有限公司
總 經 銷：聯合發行股份有限公司
地址：新北市新店區寶橋路 235 巷 6 弄 6 號 4 樓
電話：(02) 2917-8022
出版日期：2018 年 9 月（初版）
定　　價：280 元

建議閱讀方式

型式	圖圖圖	圖圖文	圖文文		文文文
圖文比例	無字書	圖畫書	圖文等量	以文為主、少量圖畫為輔	純文字
學習重點	培養興趣	態度與習慣養成	建立閱讀能力	從閱讀中學習新知	從閱讀中學習新知
閱讀方式	親子共讀	親子共讀 引導閱讀	親子共讀 引導閱讀 學習自己讀	學習自己讀 獨立閱讀	獨立閱讀